ダッシュエックス文庫

努力しすぎた世界最強の武闘家は、
魔法世界を余裕で生き抜く。3

わんこそば

序幕 それは杖ですか？

その日の夜――。

とある町の酒場にて、勇者一行の三人は打ち合わせをしていた。

最初は宿屋にて打ち合わせをしていたが、思うようにアイデアが出てこず、酒の力を借りることにしたのだ。

ほろ酔い気分になれば凝《こ》り固まった思考がほぐされ、名案を閃《ひらめ》くかもしれない。そう考えたモーリスはフィリップとコロンを誘い、昼前から飲んでいるのだが――けっきょくアイデアが出てこないまま夜を迎えてしまったのだ。

おまけにここ一時間、誰ひとりとして言葉を発していなかった。頭を働かせすぎて、疲れてしまったのである。

だが、このまま黙りこんでいても埒《らち》が明かない。勇者一行は窮《きゅう》地《ち》に陥《おちい》ったときこそ真の力を発揮するのだ。

かつて魔王軍と戦ったときと同様、今回も精神的に疲労困憊《こんぱい》状態となったここからが本当の勝負所なのである。

「これからどうするのじゃ？」

万策尽きたとばかりに頭を抱えるふたりに、モーリスは話しかけた。

「……さて、どうしたものかな」

「ほんと、どうすればいいのかしらね……」

フィリップとコロンは難しい顔でため息をつく。

勇者一行として《闇の帝王》《ダーク・ロード》率《ひき》いる魔王軍と戦ったときですら弱音を吐かなかったふたりが、諦めの境地に達しつつあるのだ。逆に言えば、強大な敵に立ち向かった勇者一行でなければ、とっくに諦めていただろう。

それほどまでの無理難題を、三人は抱えているのだ。

事の発端は、フィリップとアッシュの約束だ——魔王こと《土の帝王》《アース・ロード》を倒した褒美《ほうび》として、フィリップはアッシュに『ぜったいに壊れない魔法杖《ウィザーズロッド》』を贈ると約束したのだ。

さらにアッシュは《土の帝王》を倒したあと、《光の帝王》《ライト・ロード》《風の帝王》《ウインド・ロード》《虹の帝王》《レインボー・ロード》を倒し、見事に世界を救ってみせた。勇者一行の三人が長らく懸念《けねん》していた《終末の日》《ラグナロク》を乗り切ってみせたのだ。

フィリップとの約束がなかろうと、師匠《ししょう》としてアッシュには頑張ったご褒美を与えないわけにはいかない。

そんなわけでモーリスは、なんとしてでもアッシュの要望を叶えてあげたいと思っているのであった。

だが、作業は難航している。

なぜならアッシュは世界最強の武闘家であり、あまりにも強くなりすぎたのだ。

一般的な魔法杖は木製である。長いこと使えば古くなって折れることもあるが、アッシュは新品だろうと折ってしまうだろう――軽く一振りしただけで、柄から先は行方《ゆくえ》不明になるかもしれない。

ならば鉄製の魔法杖はどうだろうか。そう思ったものの、アッシュの手にかかれば摩擦熱《まさつねつ》でどろどろに溶けるのは目に見えていた。

とはいえ魔法杖はルーンを描くための道具である。杖の先端を小刻みに動かすだけでよく、強く振る必要はない。

アッシュの力をもってしても、慎重に扱えば壊れることはないのだ。

しかしアッシュは武闘家でありながら魔法のことを誰よりも愛しているのだ。

念願の魔法使いになったとして──『魔法杖が壊れるかも』とびくびくしながら魔法を使うことになるのはあまりにもかわいそうだ。

師匠として、アッシュには安心して魔法を使ってほしいのである。

そしてそのためには『ぜったいに壊れない魔法杖』が必要不可欠なのだ。愛弟子《まなでし》の喜ぶ顔を見るためにも、モーリスはこんなところで諦めるわけにはいかないのである。

「わしとフィリップとコロン──三人が力を合わせて成し遂《と》げられぬことはないのじゃ！」

暗い雰囲気《ふんいき》を吹き飛ばすべく、モーリスは明るい声で力強く呼びかけた。するとふたりは、うっすらと笑みを浮かべる。

「そうだね。材料探しは始まったばかりなんだ。諦めるには早すぎるよ」

「そ、そうね。諦めなければなんとかなるわ」

やる気を取り戻したふたりに、モーリスは明るく笑う。

「その通りじゃ！　さあ、気を取りなおして『ぜったいに壊れない魔法杖』の材料を考えるのじゃ！」

ふたりの顔を見まわすと、コロンがぽつりと言う。

「予定通り、レッドドラゴンの鱗《うろこ》を使うのはどうかしら？　なにもしないより、まずは実際に試作品を作ってみたほうがいいわ」

「問題は、レッドドラゴンの鱗が見つからないことだね」

世界一硬い鱗を持つとされるレッドドラゴンは伝説の魔物《レジェンドモンスター》であり、滅多《めった》にお目にかかれないのだ。その鱗が店に出回ることはごく希《まれ》である。

モーリスとフィリップとコロンの三人は『魔の森』にて《光の帝王》の襲撃を受け、その後アッシュと別れたあと、杖作りに取りかかるためいくつもの店を巡ったが、レッドドラゴンの鱗は見つからないのであった。

それに運良く鱗を見つけたとしても、今度はべつの問題にぶつかってしまう。その問題こそ、勇者一行を悩ませる最たる要因であった。

「無事に鱗を入手できたとして、アッシュは一二歳の頃にレッドドラゴンを倒しておるのじゃ。硬いのは間違いないが、『ぜったいに壊れない』とは言いがたいのではないかのぅ」

正直言うと、モーリスはまさかアッシュがここまで強くなっているとは想像していなかった──魔王が押し寄せる《終末の日》を打破するには力不足だと考え、修行に集中させるため、魔法杖の購入を先延ばしにすることにしたのだ。

レッドドラゴンは伝説の魔物。見つけるのも難しく、倒すのはさらに困難だ。だが、レッドドラゴンを倒せば魔法杖を買ってやると告げたとき、アッシュは『一二歳の頃に倒したよ』と驚きの告白をしたのである。

モーリスは魔法杖の購入をとにかく先延ばしにするため、伝説の伝説の魔物《ハイパーレジェンドモンスター》をでっち上げた。

アッシュは存在しない魔物を探し続け、その純粋な姿に心を痛めたモーリスはついにすべてを打ち明けようと決心した。

そのすぐあとに《闇の帝王》が現れ、モーリスはアッシュが自身の想像を遥《はる》かに超える力を手にしていたことに気づいたのだ。アッシュはレッドドラゴンの鱗ばかりか、《闇の帝王》の防御結界《シールド》を打ち砕《くだ》く力を持っているのだ。


どんなに硬いものを作ろうと、アッシュの手にかかれば粉々になってしまうのである。


「わざと壊そうとしない限り、壊れないと思うわ」

「コロンの言う通りさ。レッドドラゴン製の魔法杖が頑丈なことは疑いようがないからね」

「頑丈なのはわかっておるのじゃ。じゃが、アッシュの要望は『ぜったいに壊れない魔法杖』じゃからな」

中途半端に硬い杖を贈り、アッシュがそれを壊してしまえば――心優しいアッシュのことだ。師匠たちが作ってくれた杖を壊してしまったと、自分を責めるに違いない。

喜ばせるためのプレゼントでアッシュを悲しませるなど……そんなことは許されないのだ。

「わかっているさ。しかし、アッシュくんに壊せないものは存在しないんじゃないかな」

フィリップの言う通りだ。

アッシュはとにかくなんでも壊す。フィリップが言うには『ぜったいに壊れない闘技場』を叫んだだけで破壊したこともあるらしいのだ。どんなに硬い杖を作っても壊されるような気がしてならない。

だからこそ、三人は作業に行き詰まっているのであった。

「どうしたものかのぅ……」

「ほんと、どうしたものかね……」

そうして話が振り出しに戻り、モーリスとフィリップはどうしたものかと頭を悩ませる。と、そのとき。


「……土は、どうかしら？」


コロンが自信なさげにつぶやいた。

「土じゃと？」

「土をどうするんだい？」

興味深げにたずねると、プレッシャーに弱いコロンはおどおどしながら言う。

「土を圧縮して、強度を固めて、圧縮して、強度を固めて――を繰り返してみるのよ」

なるほど、とモーリスは感心する。

その行程を繰り返せば、いずれはレッドドラゴンの鱗の強度を上回るだろう。それに素材が土なら、すぐにでも魔法杖作りに取りかかることができる。

それにしても、まさかどこにでもある土が世界最硬の杖になり得るとは。灯台もと暗しとはまさにこのことだ。

「よく思いついたのぅ、コロンよ！」

「お、思いつきを口にしただけよ……」

コロンは照れくさそうに頬《ほお》を赤らめる。薬師《くすし》のセンスがずば抜けているコロンは、発想力も優れているのだ。

さすがはコロンだと褒めちぎっていると、フィリップが難しい顔で言う。

「いい考えだと思うけど……問題は、ありえないくらい重くなることだね。それに圧縮するといっても限度があるし、どれくらい大きくなるのか想像もできないよ」

「アッシュに限って言えば、大きさと重さは関係ないのじゃ！　たとえ尖塔《せんとう》のような大きさになろうと、問題なく扱えるのじゃ！」

「たしかにアッシュくんなら、どんなに重たくても持ち上げてしまいそうだわ」

「じゃろ!?」

達成困難かと思われた難題を解決する糸口が見つかり、モーリスたちの心に希望が宿る。

「土を材料にするなら、念のため防水魔法を施《ほどこ》したほうがいいだろうね」

「どれくらいのサイズになるかはわからないけど、綺麗《きれい》なルーンが描けるように、杖の先端は尖らせたほうがいいと思うわ」

「杖の表面にかっこいい模様を刻めば、アッシュは喜んでくれるのじゃ！」

問題解決の糸口が見つかり、精神的に楽になった途端、次々とアイデアが湧いてくる。

そうして『ぜったいに壊れない魔法杖』の構想を固めた勇者一行は『どうせなら最高品質の魔法杖を作りたい』と意見を一致させ、極上《ごくじょう》の土を探す旅に出たのであった。

そんな発想のもと生み出されることになる魔法杖があのような末路を辿《たど》ることになるなど、このとき完全に酔っ払っていた三人は考えつきもしなかった――……

第一幕　遺跡巡りの始まりです

長期休暇二日目の朝。

俺は待ち合わせ場所の校門へと向かっていた。

今日はフェルミナさんの実家へ遊びに行くことになっているのだ。

友達の家に遊びに行くのはこれで二回目だ。前回エファの実家にお邪魔したときは遊ぶのが目的だったけど、今回は違う。

フェルミナさんの実家で、魔法使いになるための手がかりを探すのだ！

なにせフェルミナさんのお父さんは魔法騎士団の副団長だからな。魔法騎士団はエリートだ。副団長ってことは、とんでもなくすごい魔法使いということなのだ。ためになる話が聞けるに違いない。

おまけにフェルミナさんは世界最高峰《さいこうほう》の教育機関――エルシュタット魔法学院の特待生だ。エファみたいな天才型ではなく、努力していまの実力を手にしたのである。

そんなフェルミナさんの実家に行けば、成長の過程を知ることができるはずだ。たとえば、アルバムを見せてもらうとかさ。幼少期の写真を見れば、魔力獲得《かくとく》の手がかりが写ってるかもしれないしな。

そしてフェルミナさんの実家で過ごしたあとは、遺跡巡りをするのだ。いずれにしても魔力獲得の手がかりが見つかる可能性はごくわずかだけど、三歳児になる薬を飲んだのに魔力斑《スティーゲル》は宿らなかったからな。

いまの俺は藁《わら》にもすがりたい気持ちなのだ！

とにかく連休をフル活用して魔法使いになってみせる。そして新学期からは魔法使いとして授業に参加し、卒業までに大魔法使いになってみせる。

そして使うのだ、ど派手な魔法を！

「よーし、やるぞ！　やってやる！」

そうしてやる気を滾《たぎ》らせている間に、校門前にたどりつく。

と、そこには先客がいた。

青みがかった髪を風になびかせている彼女は——

「おはよ、ノワールさん！　今日も良い天気だね！」

「……！　元気すぎるわ」

「そういうノワールさんは……疲れてる？」

ノワールさんの目の下には、うっすらとクマができていた。

「ひさしぶりに徹夜したわ」

ここ最近は規則正しい生活をしてるけど、試験前は毎日徹夜で勉強してたからな。

つきっきりで勉強を教えていたため、ノワールさんの頑張りは俺が一番よく知っているのだ。頑張ったかいもあり、ノワールさんは筆記試験で過去最高点を取ることができ、上級クラスを維持できたのである。

そんなわけで昨日、女子寮にあるフェルミナさんの部屋でパーティを開いたのだった。俺は日付が変わる前に帰ったけど……

「徹夜したってことは、明け方までパーティしてたのか？」

「してたわ。シャワーを浴びてから、ずっとここにいるわ。寝坊したら大変だもの」

どうりで眠たそうにしてると思ったよ。頭をふらふらさせてるし、急に倒れないか心配だな……っと、そういえば、あれがあるんだった。

俺はリュックからボトルを取り出した。

「これ飲む？」

「それはなにかしら？」

「気力薬《エナジードラッグ》だよ」

「気力薬……聞いたことがあるわ」

名前は聞き覚えがあるみたいだけど、効果は思い出せないようだ。

ノワールさんは忘れん坊だからな。

でも、それはノワールさんのせいじゃない。

極一部のひとしか知らないけど……俺とノワールさんは転生経験者なのだ。そしてノワールさんの前世は、魔王こと《氷の帝王《アイス・ロード》》だったのだ。

だけど《氷の帝王》としての記憶は、リングラントさんの手によって抹消《まっしょう》されたのである。その後遺症で、ノワールさんは物覚えが悪くなったのだ。

「思い出せないわ。正解はなにかしら？」

「疲れと眠気を吹っ飛ばす薬だよ」

「いまの私に打ってつけだわ。……もらってもいいのかしら？」

「もちろんだよ。こういうこともあろうかと持ってきた薬だからね。あっ、でも酸《す》っぱいから気をつけてね」

ノワールさんは気力薬を受け取ると、ちびちびと飲みつつ俺のリュックをじっと見る。

「一泊二日にしては大荷物だわ」

「休暇中に行きたい場所があるからね。何日がかりになるかわからないから、がっつり荷造りしてきたんだよ」

行きたいところというのは、遺跡である。遺跡巡りが大好きなキュールさんいわく、大陸の『最東端』『最西端』『最南端』『最北端』の遺跡には石碑《せきひ》が遺《のこ》されているらしく――

その石碑には、現代にはない知識が記されているらしいのだ。

証拠に、キュールさんは石碑を解読することで、まったく新しい魔法を使えるようになったからな。

つまり石碑を解読すれば、魔力獲得の手がかりが見つかるかもしれないのだ。そして石碑を遺した《氷の帝王》の転生体――ノワールさんなら、スラスラと読めるかもしれないのだ。

まあ、リングラントさんに記憶を消されたわけだし、石碑を読めるかどうかは実際に行ってみないとわからないんだけどさ。

とにかくノワールさんさえ協力してくれるなら、試してみる価値はあるってわけだ。

「いつごろ学院に戻ってくるのかしら?」

「二週間後くらいかな」

すべての遺跡を巡ると時間がかかりすぎるので、まずは一番近い最北端の遺跡に行ってみる予定だ。

「そう……」

ノワールさんは、寂しそうに目を伏せた。やけ酒を飲むように気力薬をぐいっと飲み干し、酸っぱそうにぎゅっと目を瞑《つむ》る。

ノワールさんが本当に寂しがっているのだとしたら、いますぐにでも遺跡巡りに誘いたい。

だけど遺跡巡りに誘う前に、前世について打ち明けなければならないのだ。そうしないと、石碑を解読できたとき、ノワールさんは『どうして読めるのかしら？』って戸惑うだろうしな。

でも、これは立ち話で伝えるような話じゃないからな。落ち着ける場所で打ち明けたほうがいいだろう。


「おっはよー！　最高のお出かけ日和《びより》だねっ！」


と、フェルミナさんが赤いポニーテールを揺らしながら駆け寄ってきた。

「おはよ！　昨日は食べっぱなしで帰ってごめんね。片づけ大変じゃなかった？」

「いいっていいって！　アッシュくん、すっごくお行儀《ぎょうぎ》良く食べてたからね！　ちっとも散らかってなかったよ！　それよりお腹壊してない？」

「壊してないよ。フェルミナさんの料理、ほんとに美味《おい》しかったよ」

昨日はフェルミナさんが手料理を振る舞ってくれたのだ。

「ほんと？　よかったー。アッシュくん昨日はたくさん食べてたから、お腹壊してるかもって心配してたの！　そんなに気に入ってくれたならまた作ってあげるねっ！」

「私もまた食べたいわ」

「うんっ！　ノワちゃんにもいっぱい作ってあげる！　また一緒にパーティしようね！」

明るく笑ってそう言うと、フェルミナさんはきょろきょろとあたりを見まわした。

「ところでエファちゃんは?」

「フェルミナさんと一緒じゃなかったのか?」

「ううん。パーティは三時間くらい前に終わったからね。エファちゃんはそのあとすぐ部屋に帰ったよ」

「てことは、寝てるかもしれないな」

「かもしれないね。あたしも眠いもん」

「フェルミナさん、寝てないのか?」

「うん。シャワーを浴びたら眠気が覚めちゃったの。だけどじわじわ眠気が押し寄せてきたんだよ!」

眠気が押し寄せてきたとは思えないテンションだけど、目の下にはクマがある。

フェルミナさんはいつもハイテンションだけど、今日に限っては声を張り上げて眠気を吹き飛ばそうとしてるのかもな。

「気力薬、飲み干してしまったわ。アッシュ、もうひとつ持ってないかしら?」

「あれはこないだの昇級試験で作ったものだからね。いまので最後だよ」

自作の薬だけど、一〇〇点の出来映えだったからな。売り物と遜色《そんしょく》ないためノワールさんに飲ませたのだ。

「購買で手に入るし、ひとっ走りしてこようか?」

「ううん。あたしなら平気だよっ！　こうして話してたら眠気が覚めてきたからね。あ、でも限界が来たら列車で寝ていいかな？　列車に揺られると眠くなっちゃいそうだし……」

「フェルミナさんの実家って、ルチャムにあるんだっけ？」

「うん。お昼頃に到着するよ」

「じゃ、ルチャムに着いたら起こすから寝てていいよ」

昨日はパーティの準備で忙しかっただろうしな。後片付けもしただろうし、誰よりも疲れているはずだ。昼頃まで寝れば、フェルミナさんも少しはすっきりするだろう。

「アッシュくんは眠くないの？」

「昨日はちゃんと寝たからね。俺のことは気にしなくていいよ」

「ありがと！　ほんっと助かるよ！　実はもう限界近かったからね！　列車に乗ったらすぐに寝ちゃいそうだよ！」

限界近いとは思えないテンションだけど……きっと帰省《きせい》が楽しみなんだろうな。楽しそうなフェルミナさんを見ていると、俺もわくわくしてきたぞ！

「アッシュくん、なんだか楽しそうだね！　そんなにあたしの実家が楽しみなのかなっ？」

「楽しみだよ！」

「うわあ、嬉しいな！　地元には美味しい焼肉屋さんがたくさんあるから案内してあげるね！　ほかにやりたいこととかあったら遠慮《えんりょ》なく言ってねっ！」

「俺、フェルミナさんのお父さんとがっつり話したいな。あと、フェルミナさんの昔の写真もあるなら見たいよ」

「あたしの写真？　いいけど、つまんないよ？」

「つまんなくないよ！」

どこに魔力獲得の手がかりが隠されてるかわからないからな。俺にとってフェルミナさんの写真は宝の地図みたいなものなのだ。

たとえば写真のなかのフェルミナさんが頻繁《ひんぱん》に同じジュースを飲んでいたとしたら、それがいまの魔力に繋《つな》がってるかもしれないしさ。

可能性としては極々《ごくごく》わずかだけど、いまの俺は正直切羽詰《せっぱつ》まっているのだ。可能性がわずかでもあるのなら、毎日そのジュースを飲むのである！

「そんなに見たいなら見せてあげるねっ！」

「ありがと！」

これで俺にも魔力斑が宿るかもしれない。そう考えると、いてもたってもいられなかった。早くフェルミナさんの家に行きたいなぁ。

そんな想いが引き寄せたのか、金髪の女の子が駆け寄ってきた。

「お待たせして申し訳ないっす！」

俺の弟子にして友達のエファだ。

「列車の時間はだいじょうぶっすか？」

不安げなエファに、フェルミナさんはぐっと親指を立ててにっこりする。

「余裕で間に合うよ！」

エファは安心したように吐息を漏《も》らす。

そんなエファの目の下にも、やはりクマができていた。

「エファも眠いなら列車で寝てていいぞ」

「助かるっす！　ずっと訓練してて体力が限界近いっすからね」

「訓練してたのか？」

てっきり寝てたと思ってた。

「してたっす！　集中しすぎて、いつの間にか集合時間ぎりぎりになってたんすよ！　だから、シャワーを浴びる時間がなくて……わたし、汗臭《くさ》くないっすか？」

エファが遠慮がちにたずねてくる。

「臭くないぞ」

「ほんとっすか？」

「ほんとだよ。それに俺、汗の匂《にお》い好きだぞ。汗は努力の結晶だからな！　俺の言いつけ通りちゃんと修行してて偉いな」

「師匠《ししょう》……！　わたし、もっともっと努力の結晶を流すっす！　そして師匠みたいな武闘家になってみせるっす！」

「俺もエファみたいな魔法使いになってみせるよ！」

「それじゃ、エファちゃんも来たことだし出発しよっ！　小走りで移動して、みんなで努力の結晶を流そっか！」

「賛成っす！」

「走るわ」

そうして俺たちは小走りで列車乗り場へと向かうのだった。

◆

列車に揺られること四時間――。

「とうちゃーく！」

俺たちはルチャムにやってきた。

駅前には多くの露店が並び、いろいろな食べ物や装飾品なんかが売られている。

ついさっきまで熟睡していた三人は、あまりの賑々《にぎにぎ》しさに眠気が吹っ飛んだようだ。

ぱっちりと目を開き、興奮した様子で語りあっている。

「すっごく盛り上がってるっすね！」

「今日はお祭りかしら？」

「いつもこんな感じだよ！　ほらっ、あそこの串焼き肉がすっごく美味しいんだよっ！」

「お腹空いたわ」

「わたしもぺこぺこっす！」

「だねっ！　駅弁を食べようと思ってたけど、ぐっすり寝ちゃったからね！　アッシュくんはお昼ご飯もう食べた？」

「食べてないよ」

エファに寄りかかられたからな。気持ちよさそうに寝てたし、身動きすると起こしてしまいそうだったので動けなかったのだ。

「じゃ、うちに荷物置いたら食べに行こうねっ！」

「賛成っす！」

「それじゃー、お家に向かってレッツゴー！」

「フェルミナさんの家は近いのか？」

「うんっ。歩いて一五分くらいかな？　こっちだよっ！」

うきうきとした歩調のフェルミナさんを追いかけ、俺たちは石畳《いしだたみ》の道を歩いていく。

「あ、あのっ、アッシュさんですか……？」

と、中学生くらいの女の子に呼び止められた。

「そうですけど……」

肯定すると、女の子が満面の笑みになる。

「やっぱりアッシュさんだ！　服着てるから気づきませんでした！」

まるでいつも全裸みたいな言い方だ。

でも、勘違いするのも無理ないんだよな。なにせ彼女は『魔王放送』でしか俺を見たことがないわけだしさ。

三週間ほど前に突如として始まった魔王ゲームは、魔王の魔法によって全国放送されたのだ。

しかし《虹の帝王》《レインボー・ロード》を倒した瞬間に放送は中断された――俺が服を着る前に打ち切られたのだ。

そんなわけで世界中のひとたちは、彼女と同じような勘違いをしているのである。

――『アッシュは大きくなったり小さくなったりする』とか。

――『アッシュは女装が大好き』とか。

――『アッシュは女の子の下着を穿《は》いてる』とか。

そして俺は、それらの勘違いを喜んで受け入れている。

なぜなら恥ずかしいからだ。

その恥ずかしさを乗り越えることで精神的に成長し、魔力獲得《かくとく》に繋がるというわけだ！

「私、魔王との戦いを見てファンになりましたっ！　クラスのみんなもすごかったって言ってますっ！」

その『すごかった』が『すごい格好をしていた』という意味かどうかはさておき、こうして好意を寄せられるのは素直に嬉しいことだ。

「よかったら握手してくれませんかっ？」

「いいですよ」

手を砕《くだ》いてしまわないように、そっと握手する。

「わあっ、ありがとうございます！　あと、これにサインしてくれませんか？」

ごそごそと可愛《かわい》らしいストラップがついたカバンから取り出したのは、アニマルプリントのパンツであった。

魔王との戦闘時に穿いていたアニマルプリントのパンツは『穿けば強くなる！』という触れこみで売られ、老若男女《ろうにゃくなんにょ》に愛されているのだ。

「いいですよ」

以前までは考えられないことだけど、いまの俺はパンツへのサインにすっかり慣れていた。

通算三〇〇枚はパンツに名前を書いてるからな。

「ありがとうございますっ。これ、大事にしますね！」

宝物のようにぎゅっとパンツを胸に抱き、女の子は走り去っていく。

「アッシュくん、大人気だねっ！」

「弟子として誇らしいっす！」

変な性癖《せいへき》を持ってると勘違いされている俺を誇らしく思ってくれるなんて、エファは本当に良くできた弟子だ。

「こっちだよっ！」

と、フェルミナさんの案内で大通りから小道に入り、しばらく歩いてべつの通りに出ると、そこは住宅街になっていた。二階建ての細長い建物がほとんど隙間《すきま》なく建ち並んでいる。

大通りとは打って変わって、住宅街には静寂が漂っていた。

「なんか落ち着く場所っすね。地元を思い出すっす」

ネムネシアほどじゃないけど、たしかに静かなところだな。これだけ静かなら、落ち着いて魔法の勉強ができそうだ。

勉強に適した環境も、フェルミナさんの強さに一役買ってるのかもしれないな。

「このあたりはあたしの庭みたいなものだからね！　あとで案内してあげるよっ！」

「案内してくれるのは嬉しいけど、せっかく帰省したんだしさ。友達と遊んだりしなくていいのか？」

「それは明日以降にするよ！　だって、アッシュくんたちは明日帰っちゃうんだよね？」

「わたしはそのつもりっすけど……師匠とノワールさんの予定は聞いてなかったっすね。特に師匠はけっこうな大荷物っすけど……どこに行くんすか？」

「旅をしようと思ってな。野宿用にキャンプ道具を持ってきたんだよ」

俺は適当に誤魔化《ごまか》した。なにせ四つの遺跡にはキュールさんより強い『なにか』がいるし、その正体は《氷の帝王》が封印した魔王である可能性が高いのだから。

確認するまではわからないけど、せっかく魔王ゲームが終わって平和になったんだ。不安にさせないためにも、魔王のことは秘密にしといたほうがいいだろう。

「キャンプ楽しそうっすね！」

「だね！　何日くらいするの？」

「二週間くらいかな」

俺ひとりなら走れば日中には最北端の遺跡にたどりつけるけど、ノワールさんと一緒に行く予定だからな。交通機関を使えば往復二週間はかかるのだ。

「ひとりで行くのかしら？」

ノワールさんが誘ってほしそうに見つめてくる。

いまここで前世の話をするわけにはいかないけど……これ以上、寂しそうなノワールさんを見るのは心苦しいし、いまのうちに誘っておくか。

「できればノワールさんについてきてほしいと思ってるよ」

「行くわ。……だけど、荷物を持ってきてないわ」

「旅に必要なものは俺が買うよ」

「親切すぎるわ」

「親切ってわけじゃないよ。ノワールさんには手伝ってほしいことがあるからね」

「なにかしら？」

「それはあとで説明するよ。ついてくるかどうかは、それを聞いてから決めていいよ」

「行くわ」

そうして全員の休日の予定が決まったところで、フェルミナさんが立ち止まった。

「ここが我が家だよっ！　自分の家だと思ってくつろいでね！　――ただいまー！」

フェルミナさんのあとに続き、俺たちは家にお邪魔する。

と、パタパタと足音が響き、おっとりとした印象の女性がやってきた。

「おかえりなさい。皆さんも、よく来てくれましたね。さあ、どうぞ上がって」

穏やかな笑みを浮かべ、落ち着いた口調で語りかけてくる。

フェルミナさんの熱血な性格は、父親譲《ゆず》りみたいだな。

「いまお肉を用意しますからね」

そして食べ物の好みは母親譲りのようだ。

「こっちだよっ」

俺たちはリビングに通される。そして勧められるがままソファに腰かけ、一息ついていると、フェルミナさんがきょろきょろとあたりを見まわしながら言う。

「ねえ、お父さんは？」

「パパは今朝お仕事に出かけたわよ」

「お仕事？　今日は休みじゃなかったの？」

「急なお仕事が入ったのよ。ほら、なんて言ったかしら？　メル……メル……」

「メルニア様のこと？」

「そうそう。団長のメルニアさんから強化合宿の誘いを受けたのよ。せっかくのお休みなのに、パパったら『俺は強くなるんだー』って張りきって出ていっちゃったの」

さすがはフェルミナさんのお父さんだ。ためになる話が聞けないのは残念だけど、修行するならしょうがない。強くなりたい気持ちはよくわかるしな。

「そっかー。せっかくアッシュくんが来てくれたのに……」

残念そうに唇を尖らせるフェルミナさん。するとおばさんはきょとんとして、

「あら、アッシュくんが来てるの？」

「俺がアッシュです」

立ち上がって挨拶《あいさつ》すると、パタパタと駆け寄ってきた。

「まあっ、いらっしゃい！　服を着てるから気づかなかったわ」

「実は、普段は服を着て過ごしてるんですよ」

友達のお母さんにこんなことを言う日が来るとは思わなかった。

「話は主人から聞きました。危ないところを助けてくださったのだとか。うちの主人を助けてくださって、本当にありがとうございます。精一杯おもてなしをしますから、今日はゆっくりしていってくださいね」

「はい。お世話になります！」

おばさんはにっこり笑い、エファたちを見る。

「皆さんも、これからもうちの娘と仲良くしてあげてくださいね」

「もちろんっす！」

「仲良くするわ」

おばさんは嬉しそうにほほ笑んだ。

「良い子たちね。うちの娘に、こんなに素敵な友達ができたなんて。主人が聞いたら喜ぶわ。あのひと、この娘のこと溺愛《できあい》してるから。この前だって――」

「そういう話はしなくていいよっ！　ほら、部屋に行こ！　お肉焼けるまで時間あるし、先に部屋を案内するよっ！」

　フェルミナさんに手を引かれ、俺たちは二階へ向かう。

「ここがあたしの部屋だよっ！」

　そうして連れていかれた先は、フェルミナさんの寝室だった。絨毯《じゅうたん》敷きの部屋は綺麗《きれい》に整理整頓《せいとん》されている。さっぱりした性格のフェルミナさんらしい部屋だ。

　教科書や参考書などが並べられた机のそばには、『目指せ！　魔法騎士団！』と赤い文字でデカデカと書かれたポスターが貼られていた。

　本当に、魔法騎士団に憧れてるんだな。

「なんか恥ずかしいねっ」

　ポスターを見られていることに気づき、フェルミナさんがうっすらと頬《ほお》を染める。

「そんなことないよ。俺も部屋に『目指せ！　魔法使い！』ってポスター貼ってるからね」

「実はわたしも『目指せ！　武闘家！』ってポスター貼ってるっす！　お揃《そろ》いっすね！」

「私はなにも貼ってないわ」

　ノワールさんは疎外感《そがいかん》を抱いた様子だ。

「じゃあさ、ノワちゃんも貼りなよ！」

「なにを貼ればいいのかしら？」

「抱負とか夢とか、なんでもいいんだよっ！」

　ノワールさんは考えるように黙りこみ、

「……夢ならあるわ」

「ノワちゃんの夢って？」

「アッシュが魔法使いになるところを見たいわ」

「ノワールさん……」

　俺が夢を叶えることを夢にしてくれるなんて……。

　正直、めちゃくちゃ嬉しいよ。師匠もそうだけど、身近に応援してくれるひとがいるって、本当に心強いんだな。

「俺、ぜったいに魔法使いになってみせるよ！」

「見届けるわ」

　そうしてノワールさんの夢が決まったところで、フェルミナさんが言う。

「さて、それじゃ、どうする？　アッシュくんはアルバムが見たいんだったよね？　さっそく見る？」

「見たい！」

「りょーかいっ！　ええと、どこにしまったかなぁ～……っと、あったあった。うっひゃー、懐かしいなーっ」

　机の引き出しからアルバムを見つけだしたフェルミナさんは、それを床に広げて見せてきた。明らかに最初のほうのページを飛ばしている。

「最初から見ないのか？」

「最初のページは赤ちゃんだからね。さすがにちょっと恥ずかしいな。だから……二歳くらいからでいいかな？」

「もちろんだよ！」

魔力斑は精神年齢が〇歳から四歳の時期に宿るからな！　生後二年目ってことは、だいたい精神年齢一～四歳ってところだろう。

その時期にフェルミナさんがしていたことをまねすれば、精神力を鍛えるコツとかがわかるかもしれないのだ。

俺は手がかりを見逃さぬよう、フェルミナさんの写真を眺めていく。

そのなかで印象的だったのは『美味《おい》しそうに肉を頬張る姿』と『野菜を見て泣きじゃくる姿』だった。

だけど五歳くらいに成長する頃には、フェルミナさんは美味しそうに野菜を頬張っていた。

……これって、精神的に成長したってことだよな？

「フェルミナさんって、いま野菜好き？」

「うん。昔は嫌いだったけどね。まあ、お肉のほうが好きなんだけどさ」

それでも嫌いなものを好きになったことに変わりはない。

受け入れがたいものを受け入れるって、考えてみればすごいことだよな。

それができれば精神的に成長するのは間違いないしさ。

ぜひとも参考にしたいところだけど……少なくとも女装とかじゃ成長できなかったわけだし、それ以上に受け入れがたいものを見つけないと、魔力斑は宿らなさそうだ。

……でも、俺にとって心の底から受け入れがたいものってなんだろ？


ちょっと考えたくらいじゃ思いつかないけど……

それでも、魔力が宿る手がかりは見つかった。

どうしても受け入れがたいものを探し、それを受け入れる——。そうすることで魔法使いになれるかもしれないのだ。

遺跡巡りと並行して、受け入れがたいもの探しをしよう！

「お肉焼けたわよー！」

そうと決めたところでおばさんの声が響き、俺たちは香ばしい匂《にお》いの漂う一階へと向かうのだった。

◆

そして翌日の昼下がり。

「それじゃ、また学院でねっ！　ばいばーい！」

おばさんの手料理を味わったあとフェルミナさんに見送られ、俺たちは駅へと向かう。

「アッシュさんですかっ！」

「わあっ！　ほんとにアッシュさんだ！」

「すごい！　ちゃんと服着てる！」

昨日の中学生が広めたのだろう。服を着ているのに俺の正体を察するひとがちらほら現れた。

ひとりひとりと握手しながら歩いていき、三〇分かけて駅にたどりつく。

「あれ？　どうしたんすか師匠？　きっぷ売り場は向こうっすよ」

駅前で立ち止まると、エファが不思議そうに小首をかしげた。

「ちょっと用事があってな。もうしばらくルチャムにいるよ」

「もしかして、わたしを見送るために駅までついてきてくれたんすか？」

「しばらくエファに会えなくなるからな」

エファが嬉しそうに顔を輝かせた。

「わたし、お家に帰っても修行するっす！　毎日筋肉を鍛えて、走りこみをするっす！」

「休み明けにエファの成長を見るのが楽しみだよ」

「師匠……！　楽しみにしててほしいっす！　わたしもまた師匠とノワールさんに会える日を

楽しみにしてるっすからね！」

「私も楽しみだわ」

「また学院で会おうな！」

「おっす！　それではおふたりともお元気で！」

ぺこりと頭を下げ、きっぷ売り場へと歩き去っていく。

エファが見えなくなったところで、俺はノワールさんに向きなおった。

「実を言うと、ノワールさんに大事な話があるんだ」

「聞くわ」

「ここじゃ落ち着かないし、もうちょっと静かなところで話すよ」

ノワールさんをつれてひとけのない場所を探す。――と、町外れに公園を見つけ、俺たちはベンチに腰かけた。すべり台で遊んでる子どももはいるが、俺に握手を求めてくるひとはいない。

ここなら落ち着いて話ができそうだ。

俺はさっそく話を切り出す。

「単刀直入《たんとうちょくにゅう》に言うけど――実は俺、ノワールさんの前世の正体を知ってるんだ」

「なにかしら？」

「驚かないで聞いてほしいんだけど……。ノワールさんの前世は、《氷の帝王》っていう魔王だったんだよ」

「そう」

　ノワールさんは本当に驚かないで聞いてくれた。

　……さすがに落ち着きすぎだ。

　驚くことを期待してたわけじゃないけど、あまりにも薄すぎるリアクションに俺は戸惑ってしまう。

「びっくりしないのか？」

「びっくりしないわ。私は貴方《あなた》と一緒にいるいまが好きだもの。前世には興味ないわ」

　心からそう思ってそうな口ぶりだ。一度に伝えると混乱させてしまうかもって思ってたけど……この様子なら、もうひとつのことを教えてもだいじょうぶそうだな。

「実は、ノワールさんの前世の記憶はリングラントさんが消したんだ。そのせいで、ノワールさんの記憶力は落ちてしまったんだよ」

「嬉しいわ」

　すべてを打ち明けると、ノワールさんはうっすらと笑みを浮かべた。

「どうして嬉しいんだ？」

「記憶力がよかったら、貴方に勉強を教えてもらうことができなかったもの」

　たしかにノワールさんの記憶力がよかったら、あそこまでつきっきりで勉強を教えることはなかっただろう。

だけど、まさか俺との勉強をそんなにも楽しんでくれているとは思わなかった。あのときのノワールさん、徹夜続きでへとへとになってたからな。

「大事な話は、それで終わりなの？」

「前世のことはいまので終わりだけど、ここからが本題だよ。昨日はキャンプに行くみたいなことを言ったけど、本当は遺跡巡りをする予定なんだ」

「遺跡？」

「うん。大陸の東西南北に四つの遺跡があるんだ。まとめて行くと新学期に間に合わないから、今回は最北端の遺跡に行く予定だよ。ノワールさんには、ぜひついてきてほしいんだ」

「どうして私についてきてほしいのかしら？」

じっと見つめてくるノワールさんに、俺は遺跡について話して聞かせる。

「……私に解読できるかしら？」

すべてを聞いたノワールさんは、不安そうにつぶやいた。

ノワールさんは『アッシュが魔法使いになるのを見るのが夢』って言ってくれたからな。石碑《せきひ》の解読に俺の魔法使い人生がかかっているのだと思うと、プレッシャーを感じてしまうのだろう。

「そんなに気負わなくていいよ。旅行みたいな感覚で臨《のぞ》んでくれていいからね。それに俺は、解読できると思うしさ」

希望的観測を口にしているわけじゃない。たしかな根拠があってそう言ったのだ。

リングラントさんは『従順な実験体』を手に入れるために《氷の帝王》の記憶を消したわけだしな。

リングラントさんにとって邪魔だったのは、『《氷の帝王》としての想い出』だったのだ。それ以外は消す必要のないことだ。

たとえば記憶喪失になったからって、必ずしも読み書きできなくなるわけじゃないからな。

つまるところエピソード記憶が消されていても、言語記憶が残っていれば石碑を解読できるというわけだ。

「なんにせよ、実際に遺跡に行ってみないと確かなことは言えないんだけどさ」

「私は貴方のそばにいたいわ。貴方といると楽しいもの」

「ありがとう、ノワールさん！　俺もわくわくしてきたよ！」

石碑に魔力に関する手がかりが記されていれば、俺は魔法使いになれるのだ。そう考えるといてもたってもいられない。

「よしっ！　それじゃあさっそく出発しようっ！　飛空艇《ひくうてい》と列車を乗り継いで最北端の遺跡を目指そう！」

「目指すわ」

そうして俺とノワールさんの大冒険が幕を開けた。

「貴方との遺跡巡り、楽しみだわ」
と、このときは楽しそうに頬《ほお》を緩《ゆる》めていたノワールさんだったが――……

第二幕　防御は最大の攻撃です

俺とノワールさんの大冒険が幕を開けて八日が過ぎた。

その日の朝――

がち――……

絶え間なく鳴り響く謎の音に目を覚ますと、ノワールさんがベッドの端にちょこんと座り、毛布にくるまって震えていた。

見るからに凍えている。

「だいじょうぶ？」

「寒すぎるわ……」

がちがちと歯を鳴らしながら、か細い声を震わせる。

ノワールさんは氷系統の魔法が得意だ。はじめての昇級試験のとき、闘技場を凍りつかせるほどの魔法を使ってたしな。

そんな先入観から、ノワールさんは寒さに強いとばかり思っていた。

　実際、最北端の町へ向かうに際して念入りに防寒具を買おうとしたとき、ノワールさんから『私は寒さに強いわ。そんなに服はいらないわ』って告げられたしな。

けっきょく備えあれば憂《うれ》いなしという言葉に従い、念入りに防寒具を買うことにしたけど、それで正解だった。

　ノワールさんが寒さに強いのは本当のことかもしれないが、ここは世界最北端の町だからな。ほかの町とは比べものにならないほど寒いのだ。

　俺は修行のしすぎで四季を感じない体質になってしまったけど、がたがたと震えるノワールさんを見てるとさすがに寒気が伝わってくる。

　こんなとき魔法が使えたら温めてあげることができるんだけど、いまの俺には不可能なのだ。おまけに冷えた身体《からだ》をさすって温めようものなら、ノワールさんは摩擦《まさつ》で削《けず》れてしまうしな。

　でも、そんな俺にもできることはある。

「靴下《くつした》、重ね履《ば》きする？」

「するわ」

「わかった。ちょっと待ってて」

　リュックを漁《あさ》り、先日まとめ買いしたモコモコの靴下を取り出すと、ノワールさんに渡した。

　するとノワールさんはぽとりと靴下を取り落とす。手袋に包まれた手で靴下を拾おうとするが、上手《うま》くいかない。ならば手袋を外そうと試みるも、これまた失敗。

悲しそうに眉根《まゆね》を下げて、じっと俺を見つめてきた。

「手袋を外すの手伝ってほしいわ」

「靴下なら俺が履かせてあげるよ」

いまの俺にはそれくらいしかしてあげられないからな。

「お願いするわ」

と、毛布の隙間《すきま》から脚を伸ばしてくる。すでに五枚も重ね履きしているため、足はギプスに覆《おお》われているみたいに膨《ふく》らんでいた。

「破れないかしら？」

「だいじょうぶだよ」

ぴったりフィットの靴下を無理やり履かせれば破れるけど、こうなることを見越して大きいサイズの靴下を買っておいたからな。

「これでよし、と」

「足もとが温かくなったわ。だけど、ひとりじゃ靴を履けないわ」

「部屋を出るときに履かせてあげるよ」

「助かるわ。いつ出発するのかしら？」

「それは天気しだいだよ。雪が降りそうになければすぐにでも出発したいところだけど……」

窓の向こうへ目をやると、まっしろな景色が広がっていた。

見れば見るほど雪だらけだ。

空には晴れ間が広がってるけど、気温が低いのは明らかだからな。積もりに積もった雪は、待てど暮らせど溶けることはないだろう。

冷えきった窓に近づきすぎないようにしつつ、ノワールさんも外を見る。

「昨日より積もってるわ」

「だね。これ、俺の太もくらいまで積もってるんじゃないかな？」

「雪に溺《おぼ》れてしまうわ」

ノワールさんは小柄だからな。

さすがに溺れることはないだろうけど、腰から下は雪に隠れてしまうだろう。

「雪かきするから心配いらないよ」

「時間がかかりそうだわ」

「息を吹けば雪は吹っ飛ぶよ」

「それは雪かきなのかしら？」

とにかく雪を吹っ飛ばすのだ。

普通に雪かきすれば時間がかかるけど、正拳突きすれば道ができるからな。それにふぅっと息を吹きながら回転すれば、全方位の雪を吹き飛ばすこともできる。

問題は、どこに行けば遺跡があるかわからないことだ。だいたいの場所は見当がつくけど、正確な場所はわからないのである。

おまけに東西南北の遺跡はどれも『地下遺跡』だ。

遺跡への入口は雪に埋もれているだろう。

といっても遺跡巡りの先駆者がいるわけだし、入口があるのは間違いないのだ。魔力獲得《かくとく》の手がかりがあるかもしれないと思うと俄然《がぜん》やる気になってくる。

「とにかく晴れてよかったね！」

昨日この町に着いたときは吹雪《ふぶ》いてたからな。

俺ひとりなら天変地異《てんぺんちい》が起ころうと遺跡巡りを敢行《かんこう》するけど、二人旅となると話はべつだ。猛吹雪のなかノワールさんを連れまわすわけにはいかない。

そんなわけで宿屋に足止めされることを覚悟してたけど、晴れて一安心だ。雲行きも怪しくないし、まさに絶好の冒険日和《びより》である。

「晴れてるけど寒いわ。貴方《あなた》は寒くないのかしら？」

モコモコの服に身を包み、雪だるまみたいな格好をしたノワールさん。一方、俺はいつもの制服に身を包んでいる。制服は三着持ってるけど、私服は『魔の森』での修行中に着てたものしかないのだ。

まあ、女の子の服はたくさん持ってるんだけどさ。

さておき、べつに寒くないけど、ノワールさんを心配させるわけにはいかないからな。俺も厚着するとしよう。

俺は靴下を二枚履きする。

「まだ寒そうだわ。このなかは温かいわ」

鳥が翼を広げるように、そっと毛布を広げるノワールさん。

そこに入ると、ノワールさんがぴったりと身体を寄せてきた。

「貴方とくっついたら、温かくなったわ」

「そうだね。ほんと、温かいよ……」

体感的には変わらないけど、ぽかぽかとした気持ちになる。

ノワールさんは、俺が魔法使いになることを夢にしてくれた——俺のために極寒の地に付き添ってくれるばかりか、身体の心配までしてくれたのだ。

ノワールさんの優しさに触れていると、心が温かくなってくる。

その気持ちを無駄にしないためにも、ぜったいに遺跡にたどりつかないとな！

「そろそろ出発するのかしら？」

俺のやる気を感じ取ったのか、ノワールさんがたずねてきた。

「そのつもりだけど、疲れてるならもう少しゆっくりしてから行くよ」

「ちゃんと寝たから疲れは取れたわ。だけど……どれくらい歩くのかしら？」

「だいたい五時間くらいかな」

「そんなわけでご飯を食べたら出発するけど、お腹空いてる？」

「頑張って歩くわ」

「無理しなくていいよ。遺跡までは俺がおんぶするからね」

歩いたほうが身体も温まるだろうけど、ノワールさんは動きづらい格好をしてるからな。

「ペこぺこだわ」

「じゃあ食べよう！」

ノワールさんにモコモコのブーツを履かせると、俺たちは部屋をあとにした……はずだったのだが。

「あれ？」

廊下《ろうか》に出ると、ノワールさんはついてきていなかった。

部屋に忘れ物でもしたのかな？　そう思って部屋を見ると――ノワールさんがドアのそばに転がっていた。

アザラシみたいに寝転がったまま、顔だけをこちらへ向けてくる。

「起き上がれないわ」

防寒具は諸刃《もろは》の剣――拘束具《こうそくぐ》でもあるからな。

厚着をしすぎたことで温かさを得る代わり、機動性を捨ててしまったのである。

「だっこするよ」

ノワールさんを抱きかかえ、食堂へと向かう。

「おはようございます、アッシュさん！」

暖炉《だんろ》に暖められた一階の食堂にやってくると、綺麗《きれい》な布で額縁を磨《みが》いていたおじさんがほほ笑みかけてきた。

宿泊客はほかにもいるはずだけど、食堂には俺たち以外に誰もいない。

ちょっと早く起きすぎたかな？

「朝食の準備って、もうできてますか？」

昨日チェックインしたとき、朝食をつけるかどうか訊かれたのだ。

一応携帯食料はあまってるけど、ノワールさんも温かいご飯を食べたほうが力が湧くだろうしな。

「準備できてますとも！　席についてお待ちください！　もちろん食事代は不要ですからね！

アッシュさんは命の恩人ですからね！」

命の恩人というのは、魔王ゲームのことだ。

服を着ているため最初は気づかれなかったけど、宿帳に『アッシュ・アークヴァルド』って名前を書いたとき、おじさんは目を輝かせた。

そして、手厚く歓迎されたのだ。

「助かります」

正直言うと、ノワールさんに大量の服を買ったことで旅費が残りわずかになったからな。

帰りの旅費のことを考えると、おじさんの好意は素直にありがたかった。

どの遺跡に行くかは決めてないけど、次に遺跡巡りをするときは、少し多めに旅費を持っていかないとな。

「いえいえ。助けられたのはこちらのほうですからね！　それに、こんなに素晴らしいものをいただいたんですから。朝食くらいご馳走《ちそう》しますよ！」

おじさんは嬉しそうに額縁を見る。

壁に飾られた額縁には『アッシュ・アークヴァルド』と書かれたアニマルパンツが収まっていた。アニマルパンツブームは最北端の町にも到来していたのだ。

「では少々お待ちください！」

おじさんがどこかへ歩き去っていったところで、ノワールさんを椅子《いす》に座らせる。

その対面に腰かけると……ノワールさんがぐらぐらと揺れていた。

厚着しすぎたことでおしりが膨《ふく》らみ、安定感を失っているのだ。

「倒れそうだわ」

「俺が支えるよ」

ノワールさんのとなりに座り、腰に腕をまわして倒れないように支える。

そうして料理が来るのを待っていると——

「お待たせしました！」

と、おじさんがシチューを運んできた。できたてらしく、ほかほかと湯気が昇っている。

「温かいうちに食べよう！」

「……！　大変だわ」

「どうしたの？」

「スプーンが摑《つか》めないわ」

ノワールさんは親指だけが分離したミトン型の手袋を三重にはめているのだ。

ギプスみたいにガチガチになっているため、上手《うま》く動かすことができないのである。

「食べさせてほしいわ」

手袋を外そうか？　そう切り出すより早く、ノワールさんが言った。

「わかった。食べさせてあげるよ」

「さっきから助けられてばかりだわ」

「それはお互い様だから気にしなくていいよ。じゃ、口開けて？」

「……熱いわ」

はふはふとシチューを頰張《ほおば》るノワールさん。

ふーふーしてあげたいところだけど、へたするとシチューはもちろんノワールさんごと吹き飛ばしてしまうかもしれないからな。

「だけど温まるわ」

なんだかんだ熱々のシチューを気に入ったようだ。

そうしてノワールさんに食事をさせつつシチューを食べた俺は、旅支度《たびじたく》を済ませると宿屋をあとにしたのであった。

◆

町をあとにして五時間が過ぎた頃。

ブバババババババババババババババババババババ！！！

脳内地図を頼りに遺跡のありそうな場所までやってきた俺は、ふぅっと息を吹きながら回転して見渡す限りの雪を吹き飛ばしていた。

近くに民家の類《たぐい》はないため、気兼ねなく吹き飛ばすことができるのだ。

「さて、片付いたよ」

「貴方の肺活量はどうなってるのかしら？」

「俺の肺活量とかどうでもいいよ！　そんなことより遺跡を探そう！　俺はあっちを見るから、ノワールさんは向こうをお願い！」

俺はノワールさんを背負ったまま前方を見る。

と、目測一〇〇〇メートルくらい向こうに段差を見つけた。

「あれって、まさか！」

「見つけたのかしら？」

「わからない！　行ってみるよ！」

「振り落とされないように気をつけるわ」

ノワールさんを落とさないよう小走りに向かうと——

「やっぱり！　やっぱりそうだ！」

うっすらと雪の積もった階段を見つけ、俺の心臓がどくんと跳ねた。

「遺跡だよ！　ほら見てノワールさん！　遺跡！　あるよ！」

まさか入口を見つけただけでこんなに嬉しくなるとはな！

魔力獲得の手がかりを見つけたら嬉しすぎて気絶するかもしれないぜ！

「もっと時間かかるかもって心配してたけど、あっさり見つかってよかったなっ！　これなら始業式にも間に合うよ！　……どうしたの？」

「地下は真っ暗だわ」

お化け屋敷が苦手なノワールさんは、暗闇が苦手なのだ。

俺はこないだの文化祭でお化けに対する苦手意識を克服した。

それに夜目が利《き》くのでわずかな明かりがあれば昼間のように見通せる。

けど、ノワールさんを不安にさせるわけにはいかない。

なにより真っ暗だと石碑《せきひ》を読むことができないからな。

「だいじょうぶ。ちゃんとランプを持ってきたからね」

お腹に抱えたリュックからランプを取り出してみせると――ノワールさんは安心したように頬を緩《ゆる》めた。

準備が整ったところで、俺は階段を下りていく。

「けっこう深いね」

「深すぎるわ」

五分くらい歩いたところで、ようやく通路にたどりつく。

「けっこう広いね」

「広すぎるわ」

大きめのトンネルくらいありそうだ。

なんとなく迷宮的なところをイメージしてたけど、通路は一本道だった。

俺は迷うことなく通路を歩き、しばらくして立ち止まる。

「行き止まりだわ」

びっしりとなにかが刻まれた壁に、行く手を阻《はば》まれてしまったのだ。

その壁を見て、俺の心臓がまたしても跳ねた。


「これ、石碑じゃないか⁉」


ここまでの道中にそれっぽいものは見当たらなかったし、これが石碑で間違いない。

壁を照らしてみると……びっしりと刻まれたそれは、なんとなく文字っぽく見えた。

俺は文字らしきものに目を通すが……なにが書いてあるのかさっぱりわからない。

「ノワールさん、これ読める？」

頼む、読めると言ってくれ！

どきどきしつつ待っていると、ノワールさんはこくりとうなずいた。

「読めるわ」

よっしゃあ！　これで魔法使いに一歩近づいたぜ！

「なんて書いてある!?」

ノワールさんはあらためて石碑を見つめる。

「この壁の向こうに……」

「この壁の向こうに?」

「……魔物の王が封印されている、と書いてあるわ」

「魔物の王が?」

それって、《氷の帝王》が封印したっていう魔王のことかな?

「ほかにはなにが書いてある?」

「ここに封じられてる魔物の王は……世界一硬いらしいわ」

世界最硬の魔王か。

もしかすると攻撃が通じないから《氷の帝王》は封印という手段を取ったのかもな。

「ほかには?」

「封印の効力は……せいぜい二〇〇〇年らしいわ」

二〇〇〇年か。

リングラントさんが言うには、《氷の帝王》は『近々封印が解ける』と主張していたらしい。

それからさらに一〇年以上の月日が流れたのだ。封印が解ける日は、すぐそこまで迫っているはず。

近々封印が解けるなら、いっそいまのうちに倒したほうがよさそうだ。ま、戦うのは石碑をすべて解読してからだけどさ。

封印の間に向かうには、この壁を——石碑を壊さないといけないわけだしな。

「魔王のことはわかったよ。それで、魔力に関することは書いてないの？」

これだけびっしり文字が刻まれているのだ。ぱっと見た感じ、一〇〇行はあるだろう。

きっといまの話は備忘録《びぼうろく》みたいなものだろう。内容的にはせいぜい二行分くらいしかないし、魔法に関する記述もあるはずだ。

そうであってくれ！

祈っていると、ノワールさんがぽつりとつぶやく。

「残りはすべて、魔王への悪口だわ」

えっ？

「こ、これ全部？」

「全部悪口だわ」

うそだろ……。一〇〇〇文字はありそうだぞ？　それ全部悪口なのか？　しかも硬そうな岩だぞ？　わざわざ刻んだの？　悪口を？

「ばかとか、あほとか、書いてあるわ」

「そう……」

俺は『ばか』とか『あほ』とかを読むために遥々《はるばる》大陸の最北端までやってきたのか。

ていうか、さすがに魔王のこと恨みすぎじゃない？　自分だって魔王なのに……。

まあ長々と悪口を書きたくなるくらい、世界最硬の魔王を倒せなかったことが悔《くや》しかったんだろうけどさ。

で、でも遺跡はあと三箇所《かしょ》あるわけだしな！

ここに大量の悪口を刻んだんだ。さすがに《氷の帝王》もすっきりしたはず。残る遺跡には有意義なことが刻まれているに違いない！

「ここにいる魔王はどうするのかしら？」

「倒して帰るよ」

魔力と精神力は密接に関わってるわけだしな。強敵に立ち向かうことで精神力が鍛えられ、それが魔力獲得《かくとく》に繋《つな》がるのだ。

それに今回の魔王は、いままでの魔王とはわけが違う。

この世界を滅ぼしかけた《闇の帝王《ダーク・ロード》》と同等かそれ以上の実力を持っていた《氷の帝王》を苦しめるほどの強者《つわもの》なのだ。

おまけに硬い。

いままでの魔王はワンパンで粉々になるくらい脆《もろ》かったけど、この先にいる魔王は硬いのだ。

俺が魔法使いだったら多彩な魔法で戦うけど、俺は武闘家だ。攻撃手段はごくわずか。ワンパターンな戦いしかできない。


防御力が高すぎる相手は、拳《こぶし》で戦う俺にとってまさに天敵なのである！


これまでの人生で最も苦戦することは、いまの時点で想像がつく。

だからこそ逃げるわけにはいかないのだ。

この戦いで精神的な成長を遂《と》げ、魔力を手に入れてみせる！

「ノワールさんはここにいて。この先は俺ひとりで行くよ」

ノワールさんを隅っこに降ろすと、そこにランプを置き、石碑を殴《なぐ》りつけた。

ドゴォォン！！！

封印魔法がかけられた石碑を破壊すると、その先はドーム型の空洞《くうどう》になっていた。

そして空洞の奥には――

『フハハハハ！　ついに我が身を縛《しば》る忌々《いまいま》しい封印が解けたかッ！　しかも目の前にはエサが転がっておるではないか！　幸運に思うがよい、小さきニンゲンよ！　貴様は我の血肉となり、未来永劫《えいごう》に生き続けることができるのだからなァ！』

　人語を話す巨大なカメがいた。

「いま奥のほうから声がしたわ」

　ノワールさんが目を細めて空洞の奥を見ようとする。

「暗くて見えないわ」

「しゃべるカメがいるんだよ」

「カメ？」

「うん。甲羅《こうら》にトゲトゲがついた、全体的にメタリックなカメがね」

「硬そうだわ」

　そうだね、とうなずき、俺はカメに向きなおる。

　封印の間にいて、硬そうな見た目ってことは……

「お前が魔物の王——魔王だな？」

『フハハハハ！　我のことを知っておるか、脆弱《ぜいじやく》なニンゲンよ！　いかにも世界最硬の異名を持つ《北の帝王《ノース・ロード》》とは我のことだ！　その脆き心に我の名を刻むがよい！』

　方角を名前にしてるってことは、元々大陸の北側を縄張りにしてたってことかな？

　だとすると、あまりにも広い縄張りだ。それだけの範囲を支配できるってことは、かなりの強さってことだろう。

　そして北の遺跡に《北の帝王》がいるということは、残る遺跡に《南の帝王《サウス・ロード》》《西の帝王《ウエスト・ロード》》《東の帝王《イースト・ロード》》という名称の魔王がいてもおかしくない。

　どの方角の魔王が最強かはわからないけど――

　少なくとも、一番硬いのは《北の帝王》で間違いない。

　そうして考えごとをしていると、魔王が急に笑いだした。

『フハハハハ！　面白い、実に面白いぞ！　我を前にして怯《おび》えぬとはな！　おかげでその顔が恐怖に歪む瞬間を愉《たの》しむことができ……』

　と、魔王は言葉を呑《の》み、濁《にご》った目玉でノワールさんを見る。

『こ、この魂の波動は……！　貴様、まさか――！』

　ズシン！　ズシン！

　地響きを立てながら接近してくる魔王に、ノワールさんは怯えた様子であとずさる。そして、ぽてっとしりもちをつく。

　じたばたと手足を動かして起き上がろうとするが、体勢を変えることはできなかった。

『間違いない！　貴様、あの忌々しい小娘か！　まさか封印が解けたその日に貴様と再会することになろうとは！　実に不愉快――否《いな》、愉快だ！』

「その『小娘』って、《氷の帝王》のことか？」

『弱者の名など覚えておらぬ！　我が覚えておるのは憎しみだけだ！』

その気になれば世界を滅ぼせる魔王を『弱者』呼ばわりか。

けど、実際こいつの身体《からだ》には傷ひとつついてないんだよな。

倒すことができないからこそ、封印という手段を取った。最終的に封印されてしまったとはいえ、力の差は歴然だったってわけだ。

これはもう間違いない。

こいつは、いままでの魔王とはわけが違うのだ。

「貴方《あなた》とは初対面だわ」

わたわたと立ち上がろうとしつつ、ノワールさんが言う。

『我に誤魔化《ごまか》しは通じぬッ！　姿は異なれど、魂の波動は一致しておる！　貴様は間違いなく我を封じた小娘の転生体だ！』

どうやら『魂の波動』とやらで見分けることができるようだ。

『封印されているあいだ、我は貴様を殺すことだけを考えて生きてきたッ！　いますぐ殺してやりたいが、それでは募《つの》りに募った我の怒りは収まらぬ！』

ゆえに！　と声を響かせる。

『これより貴様を我の胃袋に封印する！　時間をかけて身体が溶ける恐怖を味わうがよい！』

「飲みこまれたら胃袋を破るわ」

ノワールさんがアザラシみたいな体勢で威嚇《いかく》すると、魔王はアゴを揺らして嗤《わら》う。

『最強の防御力を誇る我に柔らかい部位は存在せぬ！　我の硬さを忘れてしまったというのであれば、特別に思い出させてやろうではないか！』

魔王が濁った目玉を俺に向ける。

『脆弱なニンゲンよ！　我に立ち向かうがよい！　貴様の命をもってして、愚かな小娘に我の硬さを思い出させてやるのだ！』

魔王が勝負をしかけてきた。

望むところだ！

俺の拳とお前の身体、どっちが硬いか試してやるぜ！

「ノワールさんはそこに隠れてて。魔王を殴ったら、破片が飛び散るからね」

俺はカバンを放り投げ、ノワールさんに告げる。

魔王の硬さがわからない以上、俺はフルパワーで殴るつもりだ。

俺の拳が勝った場合、魔王は間違いなく粉々になる。

いままではガイコツだったので問題なかったけど、こいつが粉々になればいろいろなものが飛び散ることになるのだ。

魔王の肉片をノワールさんにぶつけるわけにはいかないのである。

『いかなる攻撃を受けようと、我が傷つくことはないッ！　我に接触したものは、必ず砕《くだ》ける運命《さだめ》にあるのだ！』

ざっざっと後ろ脚で地を払う魔王。

突進するつもりか！

いいだろう、真っ向から受けて立つ！

『我は鉄壁！　よって無敵！　ゆえに最強！　世界最硬の我を殺せる生物など、この世に存在しないのだ！』

「貴方と一緒に逃げたいわ」

ノワールさんが不安げに声をかけてくる。

最悪の結末を怖れているのだ。

ノワールさんを不安にさせたくないけど……

「ごめん、ノワールさん。俺、逃げるわけにはいかないんだ」

ここで逃げれば精神的に成長できるチャンスを逃すことになるからな。

それに魔王の封印は解けたのだ——俺が封印を解いたのだ。ここで逃げだすなんて無責任なことはできない。

こいつの身体じゃ通路を通ることはできないけど、世界一硬ければ通路を破壊しながら外に這《は》い出るくらいできるだろう。
放っておけば、世界が滅ぶことになる。
無事に新学期を迎えるためにも、いまここで《北の帝王》を倒さなければならないのだ！
「貴方が勝つと信じているわ」
そんな想いが伝わったのか、ノワールさんはまっすぐに俺の背中を見つめてくる。
ノワールさんの想いに応えるためにも――
俺は、鍛え抜いたこの拳で魔王に打ち勝ってみせる！
「勝負だ魔王！　全力で相手してやるぜ！」
『よかろうニンゲン！　世界最硬がいかに硬いか、その身をもって味わうがよい！』
ぴょーん、と。
魔王がジャンプした。
てっきり突進してくると思っていた俺は、まさかのジャンプに啞然《あぜん》とする。
こいつ、俺を押し潰すつもりか！
『防御こそ最大の攻撃なのだああああああああああああああああ！』

ズンッ！！！

俺は魔王に突き刺さった。

ぱこーん、と甲羅《こうら》を破って外に出ると、魔王は死んでいた。

釘を踏んづけたみたいな感じで、俺の頭が魔王の心臓を貫いたのだろう。

なんで自滅するんだよ！

お前は《光の帝王《ライト・ロード》》か！

ちゃんと戦わないと精神的に成長できないだろ！

そう叫びたい衝動をぐっと抑えこみ、甲羅から飛び降りる。

「世界最硬は貴方の頭ね。こういう場合はなんていうのかしら？　石頭だと弱いわ」

真剣に頭を悩ませているらしいノワールさんをだっこして、俺は最北端の遺跡をあとにしたのであった。

第三幕　正真正銘の強敵です

三年生になってはじめて迎える登校日。

「おはようございますっす！」

その日の朝——今日からお世話になる教室でノワールさんと話していると、エファが教室に駆けこんできた。

一番乗りした俺が言うのもなんだけど、ずいぶんと早い登校だな。座席は先着順だし、気に入った席に座れるように早めに登校したのかな？

「これ、お土産《みやげ》っす！」

二年生のときと同じく俺の向かいの席に腰かけたエファは、カバンから封筒を取り出すと、俺とノワールさんに渡してきた。

「おおっ、わざわざありがとな！　さっそく開けていいか？」

「もちろんっす！」

エファがわくわくとした眼差《まなざ》しを向けてくる。

俺たちのリアクションを楽しみにしている様子だ。

なにが入ってるんだろ？　手紙とかかな？　それにしては大きめの封筒だけど……

いろいろと予想しつつ中身を見ると、お土産の正体はクレヨンで描かれたイラストだった。

五つ子ちゃんが描いてくれたのだろう――にこにこ笑って魔王を吹っ飛ばす俺が描かれていた。

ほんわかとした雰囲気《ふんいき》である。

「私の顔だわ」

ノワールさんの封筒にも似顔絵が入っていたようだ。

以前エファの家に泊まったとき、ノワールさんは五つ子ちゃんとおままごとしてたからな。

それで懐かれたんだろう。

「嬉しいわ。大事にするわ」

「俺も嬉しいよ。これ、部屋に飾るよ」

「気に入ってくれて嬉しいっす！　みんなも師匠《ししょう》とノワールさんとまた遊びたいって言ってたっすからね。そのうち遊びに来てほしいっす！」

「行きたいわ」

「だね。そのときはお土産のお返しを用意しないとな」

「一緒に遊んであげるのが一番のお返しっす！　ところで師匠、今日の放課後は予定とかあるっすか？」

「特にないぞ」

本音を言うと、いますぐにでも次の遺跡に行きたいと思っている。

なにせ遺跡には魔王が封印されてるからな。

封印が解けたら石碑《せきひ》を破壊して外に出るはずだ。その前に石碑を解読したいところだけど、遺跡巡りはノワールさんと一緒じゃないと意味がない。

俺ひとりで行っても石碑を解読することはできないのだから。

だけど俺の都合でノワールさんに学校をサボらせるわけにはいかないのだ。長いこと休めば出席日数が足りなくなり、留年することになるからな。

そんなわけで手を打っておいた。

昨日、キュールさんに遺跡の調査をお願いしたのだ。

キュールさんが上手《うま》くやってくれれば、遅くとも今週中にはすべての石碑を解読することができる――

上手くいけば来週からは魔法使いとして授業に参加できるのだ！

「もしよかったら、あとで稽古《けいこ》をつけてほしいっす！」

「いいぞ！　連休中にどれくらい成長したか楽しみにしとくよ！」

「稽古のあとは一緒にご飯食べようねっ！」

と、フェルミナさんが俺の隣席に腰かけながら言う。

「これ、お土産っす！」

「わあ、お土産あるの!?　ありがと！　──これ、あたしの顔だね！　こんなに美人に描いてくれて、嬉しいなっ！　それにすっごく楽しそうに笑ってるね！」

「美味《おい》しそうに焼肉を食べてる姿っす！」

「ほんっと美味しそうに描いてあるね！」

食欲をそそられたのか、フェルミナさんは食い入るように似顔絵を眺めている。その反応に満足そうにほほ笑んでいたエファは、はっと思い出したように言う。

「ところで師匠、キャンプは楽しかったっすか？」

「そういえば、ふたりはキャンプするって言ってたねっ！　どんなところに行ったの？　山？　川？」

「雪国よ」

ノワールさんは『遺跡に行った』とも『魔王を見た』とも言わなかった。

魔王の存在を明かすと怖がらせてしまうため、秘密にすることにしたのである。

「雪国かー。風邪《かぜ》引いたりしなかった？」

「引いてないわ。アッシュが暖かい服を買ってくれたもの」

「アッシュくん優しいねっ！」

「優しかったわ。靴下《くつした》を履《は》かせてくれたり、ご飯を食べさせてくれたり、おんぶしてくれたりしたもの」

「ノワちゃんは甘えんぼさんだねっ！」

「わたしも師匠とキャンプしたいっす！」

「じゃ、そのうち強化合宿しようぜ！」

「いいっすね！　強化合宿したいっす！」

強化合宿といっても、武闘家として修行するわけじゃないけどな。俺が強化するのは魔力だ。その日までに魔力を手に入れ、魔法使いとして修行するのだ！


「はーい。みんな席につきなさーい！」


それからふたりの休暇中の話を聞いていると、次々とクラスメイトが登校してきた。そして最後にエリーナ先生がやってくる。

「ほとんど見知った顔だけど、私のことを知らない子のために自己紹介するわ。あなたたちの担任を務めるエリーナよ！　それと――」

エリーナ先生が廊下《ろうか》に視線を向ける。と、いわゆるゴスロリな格好をしたお姉さんが教室にやってきた。

コロンさんの弟子――シャルムさんだ。

みんなはシャルムさんの登場に驚いたような顔をしてるけど、俺は事前に聞かされていた。臨時講師を務めていたシャルムさんは、学院長代理のアイちゃんに誘われて、正式な教員になったのだ。

俺がその話を聞かされたのは、昨日のことだ。最北端の遺跡から戻ってきた俺は、ひとまず魔法騎士団総長のアイちゃんに魔王の話を伝えることにした。

そのあとアイちゃんに頼んでキュールさんを呼び出してもらい、お願いをしたのである。

魔王が復活すれば石碑が破壊されるかもしれない。それだけはなんとしてでも避けたいので石碑の文字を筆写してほしい——と。

そしたら快諾《かいだく》してくれたのだ。

キュールさんはあらゆる魔法を使いこなせるからな。瞬間移動を使えるし、いまごろすでにどこかの遺跡を訪れているはずだ。

と、みんなにまじまじと見つめられたシャルムさんは、もじもじしながら口を開く。

「吾輩《わがはい》は、きみたちの副担任を務めるシャルムなのだよ」

その途端、拍手が巻き起こった。

「副担任ってことは、毎日あの授業してくれるのかなっ？」

「ホームルームのときとかにしてほしいっすね！」

「また催眠《さいみん》をかけてほしいわ」

悲しいことに俺には通じなかったが、シャルムさんの催眠魔法を使った授業は面白かったと評判だからな。あっという間にみんなに人気の先生になったのだ。

「吾輩、頑張るのだよ……！」

シャルムさんは嬉しそうに唇をほころばせている。以前は『働きたくない』とか『死ぬまでごろごろしていたい』とか言ってたけど、教師生活にやりがいを感じたみたいだ。

「はーい、静かに！　静かにー！」

エリーナ先生の言葉に、少しずつざわめきが収まっていく。

「それじゃ始業式の前に出欠を取るわよ！　みんなの出欠を取り終わったら簡単な自己紹介をしてもらうわ！　まずはアッシュくん！」

「はい！」

「あいかわらず元気がいいわね！　次は――」

キュールさんが戻ってくるのを心待ちにしつつ、俺は自己紹介の内容を考えるのであった。

◆

キュールは最南端の遺跡を訪れていた。

最北端の遺跡は豪雪地にあるが、最南端の遺跡は熱帯地にある――遺跡から一歩外に出ると密林が広がっているのだ。

洞窟《どうくつ》内にも肌に纏《まと》わりつくような熱気が漂っているが、キュールは魔法で冷風を纏っているため、汗ひとつかかずに遺跡の最深部にたどりつくことができた。

通路と封印の間を隔《へだ》てる壁――石碑には、びっしりと文字が刻まれている。

「ここに来るのも今日で最後かな」

そう思うと、感慨《かんがい》深くなってくる。

幼くして魔法の才能に秀でていたキュールは、エルシュタット魔法学院に入学する頃には、世界最強の魔法使いになっていた。

強くなるために努力している生徒を見ていると羨《うらや》ましくなり、やりがいのあることを求めるようになり――

遺跡と出会ったのだ。

それから数年の歳月が過ぎたが、キュールはいまだにごく一部しか石碑を解読できていない。

そんなとき、アッシュに『ノワールさんは石碑を解読できる』と聞かされたのだ。

なぜ読めるのかまでは教えてくれなかったが――キュールは『遙《はる》か昔にノワールという魔法使いがなにかを封印した』というところまでは自力で解読できているのだ。偶然一致している だけだと思っていたが、きっとノワールは石碑を遺《のこ》したノワールと深い関わりがあるのだろう。

さておき。

自力で謎を解き明かせないのは悔《くや》しいが、正直解読に行き詰まっていたのだ。

なにが書いてあるのか知りたいと思っていたし、アッシュの力になってあげたいとも思った。

それになによりこのままでは魔王の封印が解け、石碑が破壊されてしまう。

それはキュールとしても望むところではないため、アッシュの頼みを快諾し、筆写するべくこの場を訪れたのだった。

「これでよし、と」

びっしりと刻まれた文字を、キュールは魔法でノートに転写する。

「このまま次の遺跡に向かってもいいけど……早くなにが書いてあるか知りたいし、ひとまず学院に戻ろうかな」

そうと決めたキュールは、魔法杖《ウィザーズロッド》で瞬間移動のルーンを描く。

そのときだ。


どろどろどろどろどろどろどろどろどろどろどろどろどろどろどろ――……

ふいに石碑が真っ赤になり、どろどろと溶け出したのだ。

「……っ！」

溶けた石碑が溶岩のように迫ってくる。

冷風を纏っているというのに肌が焼けるような熱気を感じ、キュールは咄嗟《とっさ》に飛び退いた。

このまま遺跡を立ち去りたいところだが、それはできない。

やるべきことができたのだ。

「……」

キュールはいつになく真剣な眼差しで、どろどろと溶けていく石碑をじっと見つめる。

石碑の奥には空洞《くうどう》が広がっており――

『ホッホッホ。この私の華麗《かれい》な復活劇に立ち会えるとは、なんと幸運なニンゲンなのでしょう。あなたの魂を喰らい、その運を私のものにしてあげましょう！』

封印の間から、炎を纏った鳥が飛び出してきた。

「き、きみは――魔王かい？」

冷静さを保とうとするも、上手《うま》くいかない。

この状況で落ち着いていられる者など、アッシュくらいのものだろう。

先ほど問いかけたものの、答えは明白なのだから――封印の間から現れた以上、この大きな鳥の正体が魔王であることは明らかなのだ。

冒険家として数多くの魔物を倒してきたキュールだが、さすがに魔王と対峙《たいじ》して平静を保つことはできないのであった。

『ホッホッホ。忌々《いまいま》しい小娘に封じられて二〇〇〇年の歳月が流れましたが、私の怖ろしさは語り継がれているようですねぇ』

「質問に答えろっ！」

『せっかちなニンゲンですねぇ。いかにも世界最熱の異名を持つ魔王――《南の帝王《サウス・ロード》》とは、この私のことですよ』

「や、やっぱり……」

あらためて事実を突きつけられ、キュールは不覚にも恐怖してしまう。

アッシュいわく『《北の帝王《ノース・ロード》》は自滅しましたよ』とのことだ。

その話を聞き、キュールは『今回の魔王って弱いのかも』と思ったが――それはアッシュがおかしいだけだ。

実際に魔王と対峙すれば、嫌でもわかる。

魔王はあまりにも強すぎる、と。


だとしても。

誇り高き勇者の弟子として、なにもせずに逃げるわけにはいかない。なにもせずに逃げだすのは、師匠であるフィリップの顔に泥を塗る行為なのだから。

それに圧倒的な力の差があるとはいえ、まったく勝ち目がないわけでもないのだ。

「きみは僕の魂を喰らうと言ったね。それって僕を殺すって意味かい？　だとしたら、それが叶うことはないよ！」

『ホッホッホ。おかしなことを言うニンゲンですねぇ。まさかニンゲン風情《ふぜい》がこの私に勝てるとでも思っているのでしょうか？』

「思っているさ！　なぜなら僕はあらゆる魔法を使いこなせるからね！　きみの炎を消し去ることだってできるのさ！」

炎を纏った鳥か。

鳥のような炎か。

その正体はいまのところ定かではないが――《南の帝王》が炎を使って攻撃してくることは間違いない。

ゆえに炎さえ消してしまえば、《南の帝王》など怖れることはないのだ！

「きみを丸裸にしてあげるよ！」

キュールは瞬時にアクアキャノンのルーンを完成させた。魔王を丸呑《まるの》みにできるほどの水の弾が放たれる。

じゅわあああああああああああああああああああああ――……

アクアキャノンが命中した瞬間、視界を覆《おお》い尽くすほどの水蒸気が発生する。身体《からだ》を冷やす魔法を使っていなければ、いまごろキュールは蒸し焼きになっていただろう。

まともな相手であればいまの水弾で消滅するが、相手は魔王だ。油断はできない。不死身と思って戦わなければ。

「どんどんいくよっ！」

キュールは次々とアクアキャノンを放つ。

まっしろな蒸気でなにも見えない以上、魔力が尽きるまで攻撃の手を緩《ゆる》めるつもりはない。

が、しかし。


『――ニンゲンというものは、いつの時代も悪あがきが好きですねぇ』


不快な声が響き、キュールはびくっと震えた。

身体が恐怖に支配され、ルーンを描く手が止まってしまう。

次の瞬間、キュールは目を疑った。


「そ、そんな……どうして消えてないのさ!?」

魔王の炎はめらめらと燃えさかっていたのだ。

まさか水弾は命中しなかったのだろうか。それとも避けられたのだろうか。そう思ったが、水蒸気が発生したということは間違いなく直撃したということだ。

だというのに、なぜ《南の帝王》は何事もなかったかのように振る舞っているのだ――！

その答えは明白だったが、キュールはそれを受け入れることができなかった。

受け入れてしまえば、心の底から恐怖に支配されてしまうと思ったのだ。


『ホッホッホ。これはこれは、おかしなことを言いますねぇ。私は世界最熱の魔王なのですよ。ありとあらゆるものは私に燃やし尽くされる運命《さだめ》にあるに決まっているではありませんか』


「そ、んな……」

キュールは生まれてはじめて真の絶望を味わった。

寒さ以外で身体が震えるのははじめてだ。

どう足掻《あが》こうとけっして覆《くつがえ》すことのできない圧倒的な力の差を思い知らされ――キュールは恐怖と悔しさに涙する。

あらゆるものを燃やし尽くす炎――。

それを全身に纏った《南の帝王》は、攻守において最強だ。

こちらの攻撃は一切通じず。

あちらは触れただけで――否《いな》、近づいただけでキュールを葬《ほうむ》ることができる。

いままでの魔王とは異なり、そこに存在しているだけで脅威《きょうい》となるのだ。

こんなバケモノ、いったいどうやって倒せばいいのだ！

『もうおわかりでしょう？　世界最強の防御力を誇り、世界最強の攻撃力を誇るこの私こそ、世界最強だということがねぇ』

キュールは、がっくりとうなだれた。

「……僕の、負けだ」

だけど、と顔を上げ、涙を拭《ぬぐ》う。

「世界最強は、きみじゃない。世界最強はアッシュくんさ！　きみが井の中の蛙《かわず》だってことを思い知らせてあげるよ！」

キュールは涙ながらに叫び、瞬間移動でエルシュタニアへと逃げるのだった。

◆

「──というわけで、アッシュくんには《南の帝王》を倒してほしいのさ」

始業式の挨拶《あいさつ》を終えたアイちゃんに深刻そうな顔で呼び出されて学院長室へ向かったところ、キュールさんに事の顚末《てんまつ》を聞かされた。

「わかりました。魔王は俺に任せてください！」

今日は授業がないからな。

エファに稽古《けいこ》をつける予定だったけど──魔王の封印が解けたとなると話はべつだ。

エファには明日みっちり稽古をつけてやろう。

「ところでキュールさん、だいじょうぶでしたか？」

「もちろんさ。きみに頼まれたノートはちゃんと守り切ったからねっ！　湿っちゃったけど、じきに乾くさ」

たしかにノートの安否も気になってはいたけど、そうじゃない。

「俺はキュールさんの心配をしてるんです」

「僕の心配を？」

キュールさんは戸惑うように目をぱちくりさせると、じんわりと頰《ほお》を緩ませた。

「きみといるときは、僕は心配される立場にあるんだね」

「どういう意味ですか？」

キュールさんを遺跡に向かわせたのは俺なのだ。立場的に心配するのは当然のことだと思うけど……

「僕は幼い頃から強かったからね。心配されることなんて滅多《めった》になかったのさ。おまけにあのフィリップ師匠に才能を褒められたからね。だから正直、うぬぼれていたよ」

気持ちはわかる。

フィリップさんに魔法のことで褒められたら、俺なら失神するだろうしな。

俺は師匠に『まだまだ未熟だ』と言われてきたけど、コロンさんと同じくフィリップさんも褒めて伸ばす方針だったってわけだ。

「でも、キュールさんが世界最強の魔法使いなのは事実ですよ」

「そうだね。きみにとっては嫌味に聞こえるかもしれないけど、僕はろくに修行もせずに世界最強になったんだ。だけど……今回の出来事でうぬぼれだと気づかされたよ。魔王に惨敗《ざんぱい》して泣いてしまうなんて……こんなに悔しい思いをするのははじめてさ」

うつむきがちにため息をついたキュールさんは、顔を上げる。

その瞳に、めらめらとやる気の炎が宿っていた。

「だから僕は決めたのさ。二度と悔しい思いをしないように、今日から真剣に修行するとね！　そしてなるのさ、きみより強い魔法使いに！」

「望むところです！」

エファといい、フェルミナさんといい、キュールさんといい——身近に努力するひとがいるのは最高の修行環境なのだ。

　みんなのそばにいると、俄然《がぜん》やる気が湧いてくる。

「もちろん修行を始める前に、残る石碑《せきひ》も転写するからね」

「俺のことは気にしなくていいですよ！」

　キュールさんはいますぐにでも修行を始めたそうにしてるからな。俺の都合で邪魔するわけにはいかない。

「いいのかい？」

「もちろんです！　キュールさんは先に修行を始めててくださいっ！　俺もすぐに魔法使いになって、修行に取りかかりますからね！」

　力強く告げると、キュールさんはにこりと笑う。

「応援してくれて嬉しいよ。きみの想いに応えるためにも、今日からみっちり修行するよ！とはいえ、無事に修行できるかどうかは《南の帝王》しだいだけどね」

　キュールさんは命懸《いのちが》けで石碑を転写してくれたからな。俺にできるお礼ならなんでもする。魔王を倒せば修行に集中できるというのなら、俺はすぐにでも戦いに向かう覚悟だ。

「魔王はいまどこにいるんですか？」

「この学院を目指して北上中さ」

「ここに向かってるんですの!?」

アイちゃんが悲鳴を上げた。

王女であり魔法騎士団総長であり学院長代理でもあるアイちゃんにとって、魔王の目的地が『エルシュタット魔法学院』というのは由々《ゆゆ》しき事態なのである。

「きっとアッシュくんを倒しに来たのさ」

そう言うと、キュールさんは『強者《つわもの》の居場所を示す地図』をテーブルに広げた。地図に表示されている青点は『キュールさんと同格の生物』、赤点は『キュールさんより格上の生物』を意味している。

東と西の赤点に動きはないが――先日まで最南端にあったはずの赤点は、いまは学院方面に動いていた。

このペースなら夕方にはエルシュタニアに到着するだろう。

町には魔物除《よ》けの結界があるけど、以前魔王が乗りこんできたからな。魔王レベルになると造作《ぞうさ》もなく結界を突破できるのだろう。

放っておけばエルシュタニアは火の海だ。

「だけど、どうしてアッシュくんの居場所がわかったのかな?」

「そういう魔法を使ったのではありませんの?」

キュールさんとアイちゃんは不思議そうに小首をかしげている。

だけど俺は知っている。

魔王の標的が誰なのかを。

そして、どうやってその居場所を探り当てたのかを。

こないだの《北の帝王》と同じく、《南の帝王》も《氷の帝王》に復讐《ふくしゅう》しようと企《たくら》み、魂の波動とやらで居場所を特定したのだろう。

つまり魔王の狙いはノワールさん。

だとすると、俺が魔王のもとへ向かっても素通りされるはず。

逆に言うと、ノワールさんをつれて荒野かどこかで待ち伏せすれば、エルシュタニアは火の海にならないというわけだ。

もちろんその場合、ノワールさんは命懸けで守るけどな。

「俺、魔王を倒してきますね！」

「お願いしますわ。アッシュさんなら必ず勝てると信じてますわ！」

「僕も信じてるさ。でも……警戒は怠《おこた》るべきじゃないよ。今回の魔王は、いままでの魔王とは格が違うからね」

「はい。俺もそう思います」

キュールさんの話を聞く限りでは、今回の魔王はかなりの強敵っぽいからな。

たとえるなら小型の太陽。あまりにも熱すぎる《南の帝王》には触ることはおろか、近づくことさえ難しいのだ。

その情報だけで《北の帝王》より強いとわかる。

攻守において最強の《南の帝王》は間違いなくかつてないほどの強敵なのだ。

精神力を鍛えるには打ってつけの相手なのである！

「……勝てると思うかい？」

実際に魔王の強さを目の当《ま》たりにしたキュールさんは、不安そうにたずねてきた。

「正直、厳しい戦いになると思います。だけど、必ず勝ってみせます！」

キュールさんは頬を緩《ゆる》めた。

「そうかい。きみは本当に頼もしいね」

「この世界の存亡はアッシュさんにかかってますわ。どうか魔王を倒してください！」

「任せてください！」

力強く告げると、俺は学院長室をあとにする。

寄り道せずに教室へ戻ると、クラスメイトはまばらにしか残っていなかった。帰りのホームルームは終わったようだ。

そんななか、ノワールさんとエファは残っていた。

「あっ、師匠！　これから食堂に行くんすけど、一緒にどうっすか？　フェルミナさんも先に行って待ってるっすよ！」

「ごめん。急用が入ってさ」

「急用っすか?」

「うん。だから、稽古は明日でいいか?」

「もちろんっす!　今日は連休中に編み出した新技の復習をすることにするっす!」

「楽しみにしとくぜ!　ところで、ノワールさんに頼みがあるんだ」

「半分でいいかしら?」

ノワールさんが食べかけのメロンパンを差し出してくる。美味《おい》しそうだけど、俺の頼みは『半分ちょうだい』ではないのだ。

「メロンパンはノワールさんがひとりで食べていいよ」

「だけど、一緒に食べたほうが美味しいわ」

「じゃあ一口だけもらおうかな。——ありがと」

「エファにもあげるわ」

「ありがとっす!　——うわあっ、これ美味しいっすね!」

「美味しいのよ。『外カリッ、中もふっ♪　もっちりもちもちほっぺがとろける夢のめろめろメロンパン』だもの」

ノワールさんはどことなく誇らしげだ。

「それで、頼みとはなにかしら?」

「カメの仲間が現れた——って言えばわかるかな?」

こんなところで『魔王の封印が解けた』とか言うわけにはいかないからな。隠語で告げると、ノワールさんはうなずいた。

「伝わったわ」

「詳しいことは移動しながら話すから、俺についてきてほしいんだ」

「ついていくわ」

そうして俺とノワールさんは《南の帝王》を迎え撃ちに行くのであった。

◆

ノワールさんを背負って走ること一時間——。

「このあたりでいいかな」

エルシュタニアから遠ざかった俺は、砂埃《すなぼこり》が舞う荒野にノワールさんを降ろした。

「魔王はいつごろ来るのかしら？」

ノワールさんが乱れた髪を手櫛《てぐし》で整えつつたずねてくる。

「俺のほうからも近づいたし、あと一、二時間ってところじゃないかな」

「そう……」

ノワールさんの顔に、わずかに緊張が浮かぶ。

魔王の狙いはノワールさんだからな。魔王に狙われているのだと思うと不安でしかたがないのだろう。

街中なら魔法騎士団が守ってくれるけど、ここには俺しかいないのだ。

ちゃんと守ってあげないと！

「なにをしているのかしら？」

穴を掘り始めた俺を見て、ノワールさんがきょとんとしている。

「穴を掘ってるんだよ」

「見ればわかるわ。だけどどうして手で掘るのかしら？　パンチしたほうが早く掘れるわ」

「それだと深さの調節が難しいんだよ」

「深いほうがいいんじゃないかしら？」

「たしかにトラップなら深いほうがダメージを与えられるけど、そうじゃないからね」

べつにトラップを作ってるわけじゃないのだ。そもそも今回の魔王は鳥だしな。空を飛べる相手に落とし穴は通じないだろう。

「できた。さあ、入って」

「私が？」

深さ一二〇センチほどの穴を見て、ノワールさんが戸惑っている。

「うん。穴に隠れないと危ないからさ」

「わかったわ。だけどそばにいてほしいわ」

「もちろん近くにいるよ」

魔王の狙いはノワールさんだからな。

近くにいすぎると戦いに巻きこむ怖れがあるけど、離れすぎるのも危ないのだ。

だから穴を掘ったのである。

「いまのうちに入り心地を確かめてみてよ」

「入ってみるわ」

ノワールさんは穴のなかに身を移す。と、首から下は穴に隠れてしまった。

「いい感じだわ」

「よかった。だけど魔王が来たら頭を引っこめたほうがいいよ。髪が燃えたら大変だしさ」

ノワールさんはこくりとうなずき、

「だけど、貴方《あなた》の肺活量なら火を吹き飛ばせるわ」

たしかにノワールさんの言う通りだ。肉弾戦は危険だけど、俺には飛び道具があるからな。

正拳突きをすれば風圧を飛ばせるし、息を吹くのも効果的だ。

もちろん直接殴《なぐ》りつけるよりは威力が落ちるわけだけど、魔王を倒せるかどうかはさておき、距離を取って戦うことはできるのである。

でも、それじゃだめなんだ。

安全第一で戦っても、精神的に成長することはできないのである。

恐怖を乗り越えてこそ、精神的に成長できるのだ。

「聞いてくれ、ノワールさん」

俺はしゃがみこみ、首だけになったノワールさんに話しかける。

「聞くわ」

「今回の魔王は、精神的に成長できる絶好の相手なんだ。だから俺は、この拳《こぶし》ひとつで魔王と戦いたいと思ってるんだ」

世界最熱を殴るなんて自殺行為に等しい。

真っ向から立ち向かえば、俺は燃えてしまうかもしれない。

だからこそ、試す価値があるのだ。

燃えるかもしれないという恐怖に打ち勝つことで、俺の精神力は飛躍的な成長を遂《と》げる——魔力を手に入れ、魔法使いになれるのだ！

「俺、ぜったい死なないから。ぜったい勝ってみせるから。だから俺を信じてくれないか？」

「信じるわ」

「ありがとう、ノワールさん！　俺、この戦いで成長してみせるよ！　そして、明日の授業は魔法使いとして参加するんだ！」

「明日は休日だわ」

俺は闘志を燃やしつつ、魔王が来るのを待つ。

わくわくしながら空を見上げていると、雲のなかから飛行物体が姿を見せた。目を凝《こ》らすと、炎を纏った鳥である。

「熱すぎるわ」

空の彼方《かなた》から飛んできた鳥はぐんぐんこちらに迫り、一五メートルくらい前方に降り立った。

ノワールさんは早くも汗だくになっている。

「危ないから隠れてたほうがいいよ」

「わかったわ」

さっと頭を引っこめるも、そろーっと顔を覗《のぞ》かせる。

勝負の行方《ゆくえ》が気になるようだ。無理やり押しこむのも気が引けるし、魔王が攻撃をしかけてくるまではこのままでいさせようかな。

『この魂の波動。もしやとは思いましたが、やはりあの忌々《いまいま》しい小娘でしたか！　なんという幸運なのでしょう！　封印が解けたその日にあなたを燃やせるとは思いませんでしたよ！』

やはり狙いはノワールさんか。

宿敵を見つけた魔王は、興奮したように翼をばささせている。

そのたびに砂埃が舞い、ノワールさんがくしゃみする。目をごしごし擦り、じんわり涙目になっている。

この戦いが終わったら、目薬を買ってあげないとな。

「魔王！　お前の相手はこの俺だ！」

『ホッ！　ずいぶんと威勢のいいニンゲンですねぇ！　あなたみたいなお馬鹿さんは、今日で二人目ですよ！　いやはや無知とは怖いですねぇ』

「無知じゃないさ。お前は世界最熱の魔王――《南の帝王》だろ？」

『ホッホゥ！　それを知りながら立ちはだかりますか。愚かなニンゲンですねぇ。はてさて、それではいったいどうやって私を倒すつもりなのでしょうか？　いかなる手段を用いようと、この私に燃やし尽くされる運命《さだめ》にあるといいますのに！』

「俺の武器はこいつだ！」

俺はぐっと拳を握りしめる。

『この私に？　拳で？　挑むぅ？　フォーフォッフォ！』

ばさばさと翼をはためかせて嗤《わら》う魔王。

「受け狙いで言ったわけじゃないぜ！　俺は本気でお前を殴って倒すんだからな！」

『愉快ですねぇ！　愉快ですねぇ！　これまで多くのニンゲンを燃やし尽くしてきましたが、あなたみたいなお馬鹿さんははじめてですよッ！』

ばさぁっ、と。

魔王が威嚇《いかく》するように翼を広げる。

砂塵《さじん》が舞い上がり、視界が茶色く染まる。背中がぞくぞくと震え、身体《からだ》の奥底からなにかがこみ上げてくる。

身体の震えは武者震い。

なにかの正体は、きっと恐怖だ。

これだよ、これ！

俺は、こういう勝負を求めてたんだ！

こういう強敵を求めてたんだよ！


――《闇の帝王》のように魔物を操って戦わせるのではなく。

――《土の帝王《アース・ロード》》のように武装して己を強く見せるのではなく。

――《光の帝王《ライト・ロード》》のように相手の強さを真似《まね》るのではなく。

――《風の帝王《ウインド・ロード》》のように地味ではなく。

――《虹の帝王《レインボー・ロード》》のようにはったりではなく。

――《北の帝王》のように自滅する要素がない。

今回の魔王は――《南の帝王》は、正真正銘《しょうしんしょうめい》の強敵だ！

いままでの魔王とは明らかに格が違うのだ！

だからこそ、俺はぞくぞくしているのである！

『思い上がったニンゲンよ。あなたは死の間際に理解することになるでしょう。この世には、けっして触れてはならぬものがあると！』

「それでも――俺の拳はお前を砕《くだ》く！　勝負だ魔王！」

『いいでしょう！　久しく見ぬ愚かなるニンゲンよ！　この私に立ち向かうというのであれば、跡形もなく燃やし尽くしてあげましょう！』

「やってみろ！　返り討《う》ちにしてやっくちゅんっ！」

ドンッ！！！

くしゃみした瞬間、魔王が吹っ飛んだ。

めらめらと燃えさかっていた炎は消え、全身に小さな穴が空いている。

魔王は死んでいた。

「私の目が正しければ、くしゃみで死んだわ」

呆然《ぼうぜん》と立ち尽くしていると、ノワールさんが駆け寄ってきて教えてくれた。

「そ、そんなわけないよ。だってさ、こいつ、いままでの魔王とは違うんだよ？　俺、背中のあたりがぞくぞくしたんだ。なんか、こう……身体の奥底からこみ上げてくるものがあったんだよ」

「それはくしゃみの前触れだわ」

俺はノワールさんに論破された。

そっか。俺のくしゃみを浴びたら散弾銃で撃たれたみたいになるのか。これからくしゃみをするときは、念入りに手で押さえないとな。

「帰ろっか？」

こくりとうなずくノワールさんをおんぶして、俺は学院へと引き返すのだった。

第四幕 勇者一行と合流します

くしゃみした日の夜。

俺は学生寮の自室でどきどきしていた。

部屋の明かりをつけるには、スイッチに魔力を流さなければならない——いつもは暗い俺の部屋だけど、今日は明るかった。

ノワールさんに魔力を流してもらったのだ。

もちろん、そのためだけに部屋につれてきたわけじゃない。

「……」

テーブルを挟んだ向かいにはノワールさんが座っている。真剣な顔をして、ノートに視線を落としていた。

試験勉強中に見慣れた光景だけど、今回はただのノートじゃない。キュールさんが命《いのち》懸《が》けで遺跡から持ち帰ってくれたノートだ。

荒野から学院長室に直行した俺はアイちゃんとキュールさんに事の顚末《てんまつ》を伝え——キュール

さんから石碑《せきひ》の文字を転写したノートを受け取ったのだ。

それから一時間、部屋に戻ってきた俺はノワールさんに解読を頼み、こうして正座しているのであった。

「……読み終わったわ」

パタン、とノートを閉ざし、ノワールさんがじっと見つめてくる。

「ど、どうだった？」

北の遺跡の石碑には悪口しか書かれてなかったけど、《氷の帝王《アイス・ロード》》はあそこですべてを吐き出してすっきりしたはず。

俺は一言一句読めないけど、ノートにはびっしり文字が記されていたからな。すっきりした《氷の帝王》が新たに一〇〇〇〇文字以上も悪口を書き連ねるとは思えない。

つまり今回は有益な情報が残されている可能性が高いのだ！

魔力獲得《かくとく》の手がかりが遺されていてもおかしくないのである！

頼む、そうであってくれ！

「結論から言うと、すべて悪口だったわ」

うそ、だろ……。

「ほ、ほんとに悪口だけ？」

「ほんとに悪口だけよ。しいて言えば……」

ノワールさんが二の句を継ごうとする。

その瞬間、俺の心に一筋の光明が差した。

そういえば、さっき『結論から言うと』って言ってたな。てことは、ほかに伝えたいことがあるってことだ。

悪口のなかに魔力獲得の手がかりが遺されているかもしれない！

頼む、そうであってくれ！


「しいて言えば、悪口が上手になっていたわ」


そっか。そうだよな。あれだけ悪口を書いたんだ、そりゃ語彙《ごい》力も上がるよな。

てっきり北の遺跡ですっきりしたと思ってたけど、罵《ののし》りたくなる気持ちもわからなくはない。

どちらかというと《北の帝王《ノース・ロード》》より《南の帝王《サウス・ロード》》のほうが性格悪かったしな。

「手伝ってくれてありがと。助かったよ」

収穫はなかったけど、ノワールさんには心から感謝している。

命懸けで石碑を転写してくれたキュールさんにもあらためてお礼を言いたいけど、ノートを残して修行の旅に出ちゃったからな。

キュールさんが魔法使いとしてどんどん高みに登っていくのに、俺は魔力すら宿らないのだ。

そう思うと、なんとももどかしい気持ちになってくる。

早く魔力がほしい！

魔法使いとして修行したい！

そのためには西と東の遺跡に行かなければならないのだ。

四分の二が悪口だったし、残る石碑も悪口だけかもしれないけど――実際に確かめてみないことにはわからないからな！

「貴方《あなた》の役に立てて嬉しいわ。次はいつ遺跡巡りに行くのかしら？」

最北端の封印は俺が解いたけど最南端の封印は勝手に解けたからな。西と東の封印が解けるのも時間の問題だ。そうなったら石碑が壊されてしまう。

次の遺跡巡りは長期休暇に行う予定だったけど、こうなった以上なるべく早めに出発しないとな。

「遺跡巡りはなるべく早めに再開するけど、ノワールさんは留守番しててていいよ」

ノワールさんは学生生活を楽しんでるのだ。無理やり遺跡巡りにつれていくのは気が引ける。

そんなわけで俺はひとりで遺跡に向かい、石碑をノートに書き写すつもりだ。キュールさんみたいに転写魔法は使えないけど、時間をかければ正確に筆写できるしな。

「私を置いて行かないでほしいわ」

「だけど、俺と来れば授業を休むことになるよ？」

「留年は覚悟の上だわ」

ノワールさん……。俺のために、そこまでの覚悟を……

「ありがと。だけど、留年の心配はいらないよ」

「なぜかしら？」

「アイちゃんに『出席扱いにするから早めに魔王を倒してほしい』って頼まれたんだ。返事は保留にしてるけど、ノワールさんがついてきてくれるならいますぐ返事してくるよ」

「一緒に行くわ。いつ行くのかしら？」

「明後日に出発するよ」

明日は休日だからな。午前中はエファにみっちり稽古《けいこ》をつけ、午後は買い物をして旅支度《たびじたく》を調えるのだ。

「明後日が楽しみだわ」

そうして話がまとまり、俺はノワールさんを女子寮まで送り届けた。それが終わると、そのままの足取りで学院長室へ向かった。

魔王討伐《とうばつ》を保留にしたときアイちゃんは不安そうにしてたからな。このままだと不安すぎて眠れないかもしれないし、早めに安心させてあげたかったのだ。

「魔王を倒してくださいますのっ？」

近々魔王を倒しに向かうと告げたところ、アイちゃんはへなへなと腰から崩れ落ちた。

「だいじょうぶですか？」

「は、はい。安心したら、力が抜けてしまいましたの。アッシュさんに魔王討伐の返事を保留されたときは、この世界は終わりだと思いましたわ……」

想像以上に不安にさせてしまっていたらしい。

「さすがに魔王が復活したら、学校を休んでも倒しに行きますよ」

魔王が復活したかどうかは、キュールさんの置き土産《みやげ》を――『強者《つわもの》の居場所を示す地図』を見れば一目瞭然《いちもくりょうぜん》だからな。

赤点を表示させるには魔力を流す必要があるため、俺は使いこなせないけど、魔力を持っているひとなら誰でも使いこなせる。

ただ、あの赤点は『地図に魔力を流しこんだひとより格上の生物』を意味してるからな。

ちゃんとした実力を持ってるひとじゃないと地図は赤点だらけになるのだ。それではどれが魔王か見分けがつかない。

そこでノワールさんに地図を託すことにした。ノワールさんより強い生物なんて、そんなにいないだろうしな。

「それで、遺跡へはいつ旅立つ予定ですの？」

「明後日の朝一番の飛空艇《ひくうてい》で出発します」

「でしたらすぐに旅費を用意しますわ！　こんなこともあろうかと、もう用意してますのっ。どうぞ受け取ってくださいな！」

「ありがとうございます。これ、大事に使いますね」

「お礼を言うのはわたくしのほうですわ。仮にも魔法騎士団総長でありながら、アッシュさんひとりに魔王を押しつけるようなことをしてしまい、本当にご迷惑をおかけしますわ」

「気にしないでください。俺としても、強敵と戦えるのは望むところですからね！」

「アッシュさんは本当に頼もしいですわね。それで、まずはどちらの遺跡へ向かいますの？たしか、あとは西と東でしたわよね？」

「まずは西の遺跡に行ってみようと思います」

そんなに違わないけど、距離的には西のほうが近いからな。

雪に閉ざされた最北端と違って交通の便も発達してるし、一週間もあれば着くはずだ。前回みたいにノワールさんを凍えさせる心配もないし、移動が楽なら疲れることもないだろう。

「西に行くのでしたら、モーリスおじさまにお会いできるかもしれませんわねっ」

えっ。

「師匠《ししよう》、西の遺跡にいるんですか？」

「モーリスおじさまはムルンという最西端の町に滞在してますわ」

「最西端の町ってことは、遺跡の近くですね。もしかして、魔王が復活したときのために滞在してるんですか？」

「いえ。一応、魔王の話は伝えてますが、モーリスおじさまはそれ以前から最西端の町に滞在しているそうですわ。もちろん、お父様とコロンおばさまも一緒です。詳しくはわからないのですが、いい土があるとか……」

「いい土、ですか？」

なんだろ。畑でも耕《たがや》すのかな？

わからないけど、きっとなにか考えがあってのことだ。

俺は俺のやるべきことに集中しよう。

「では、ご武運をお祈りしますわ」

そうしてアイちゃんに見送られ、俺は学院長室をあとにしたのであった。

それから一夜明け、俺はエファとともに学院の広場にやってきた。午前中はエファに稽古をつけ、午後になったら遺跡巡りに必要なものを買い揃《そろ》えることにしたのだ。

「今日は師匠に見せたいものがあるっす！」

フリルのついたジャージに身を包み、こないだプレゼントした髪留めを装着したエファは、楽しそうに声を弾ませた。

魔王のことは伏せてるが、エファには旅立つことを告げている。俺としばらく稽古できなくなるからか、今日のエファはいつも以上に気合いが入っていた。

そんなエファを見ていると、俺も気合いが湧いてくる。

「見せたいものって、昨日言ってた新技のことか？」

エファは得意気にうなずいた。

「連休中に編み出して、昨日仕上げたっすからね！　魔物相手に通用するか、師匠に見定めてほしいっす！」

「魔物相手にか……」

自力で新技を編み出したのはすごいけど、魔物相手に通用するかと言われると厳しい評価にせざるを得ない。

甘い評価を下してしまえば、本当に魔物に挑みかねないからな。弟子の身の安全を守るのも師匠の務めなのである。

「さっそく見せてくれ」

なんにせよ実際に新技を見ないことには判断できない。

俺が合図を出すと、エファは目を閉じて深呼吸する。

そうして精神統一をしたエファは、カッと目を見開き、右パンチ、左パンチ、ジャンピングアッパー、着地するとすかさずハイキックからの回し蹴《げ》り、そして最後に――


「それは二色っす！」


俺のモノマネ。《虹の帝王《レインボー・ロード》》と戦う俺を見て着想を得たのだろう。一連の動作の締めくくりとして平手打ちをしたエファは、わくわくとした眼差《まなざ》しを向けてくる。

「どうっすか!?」

「かなり動きがよくなったな！」

「ほんとっすか!?」

「ああ、本当だ。風を切るようなパンチだったたな！　特にハイキックからの回し蹴りのキレは最高だったぞ！　よく転ばずにできたな！」

以前のエファは、ハイキックだけで転んでいた。なのに今日はハイキックのあとに回し蹴りまでしてみせたのだ。

ここまで成長するのに、数えるのも億劫《おっくう》になるほど転んだはずだ。師匠として弟子の成長を喜ばずにはいられない。

「嬉しいっす！　連休中に特訓したかいがあるっす！」

「ほんと、見えないところでも努力してて偉いよ」

「えへへ〜。ちょっと褒めすぎじゃないっすかぁ〜？」

「褒めたくなるくらい成長してるってことだよ」

転《こ》けないばかりか、息切れひとつしてないからな。日頃走りこみしている成果が現れたのだ。

ほんと、成長したなぁ……。

以前の運動音痴《おんち》なエファを知っているだけに、喜びもひとしおだ。

「それにしても、連休前とは比べものにならないな」

「それは師匠のおかげっす！」

「俺の？」

エファはこくりとうなずき、腰をぽんと叩いた。

「師匠の下着を身につけてから、力が湧いてくるんすよ！」

アニマルパンツは『穿《は》けば強くなる』という触れこみで売られている。エファはそれを穿くことで気持ちが引き締まり、集中して訓練に精を出すことができたのだろう。

エファがじっと見つめてくる。

「それで、どうだったっすか？　いまの一連の流れが新技なんすけど……魔物、倒せそうっすかね？」

「そうだな……いまの動きに威力が伴《ともな》えば倒せるぞ」

「威力っすか。それってどれくらいっすか？」

「カマイタチを飛ばせるくらいだ」

「カマイタチっすか！　わたし、師匠のカマイタチを見てからずっと憧れてたんすよ！」

エファが言ってるのはゴーレムとリングラントさんの研究所を真っ二つにしたカマイタチのことだろう。

「わたしにもカマイタチ飛ばせるようになるっすかね？」

「それはエファの努力しだいだ」

「じゃあ頑張るっす！　そのためには筋トレあるのみっすね！」

「そういうことだ」

「あっ、でも師匠、筋トレはわたしひとりでもできるっす。だから今日は、新しい技を教えてほしいっす！」

「いいぞ。どんな技がいい？」

「魔王を倒した技がいいっす！」

「魔王を倒した技か。それだと、げんこつとか、パンチとか、裏拳《うらけん》とか、くしゃみとかかな」

げんこつは《闇の帝王》《ダーク・ロード》に、パンチは《土の帝王》《アース・ロード》に、裏拳は《風の帝王》《ウインド・ロード》に、くしゃみは《南の帝王》に使った技だ。あとの魔王は自滅した。

とはいえ、くしゃみは技じゃないし……このなかだと教えるとしたら裏拳かな。

「なるほど！　そのなかで一番習得しやすそうなのはくしゃみっすね！　わたし、くしゃみの練習するっす！　――へくちっ。どうっすか!?」

「お手本みたいなくしゃみだ。けど、くしゃみを自在にコントロールするのは難しいからな。まずは自分の意思で放てる裏拳の練習をしないか？」

「するっす！」

「よしっ！　じゃあまずはやってみせてくれ！　改善点があればそのつど教えるからな！」

「りょーかいっす！　裏拳は――こうっすね！」

ぐるっとコマみたいに回転するエファ。

「まわりすぎ！」

「ちょっと勢いつけすぎちゃったっす」

「でも転ばなかったのは偉いぞ！」

「嬉しいっす！　わたし、もっと裏拳の練習して極めてみせるっす！」

「よしっ！　じゃあ残り時間は裏拳だけだ！」

「おっす！　裏拳するっす！」

そうして昼過ぎまで裏拳の練習につきあったあと買い物に出かけ――次の日の朝にノワールさんと世界最西端の遺跡へ出発したのであった。

◆

エルシュタニアを旅立って一週間目の昼下がり。

飛空艇《ひくうてい》と列車を乗り継いだ俺とノワールさんは、世界最西端の町――ムルンに到着した。

ムルンにはのどかな雰囲気《ふんいき》が漂っている。点々と家が建っている町の向こうには土色の塔《とう》がそびえ立ち、その向こうには山が見えた。

遺跡はあの山のふもとにあるのだ。

「さっそく遺跡に向かうのかしら？」

「その前に師匠たちに挨拶《あいさつ》しよう！　師匠かフィリップさんかコロンさんの誰かが近くにいるからね！」

強者《つわもの》の居場所を示す地図によると街中にひとつの赤点が、茶色い塔の近くにふたつの赤点があるのだ。

ノワールさんより格上の生物はごくわずかだからな。三つの赤点が師匠たちで間違いない。せっかく近くにいるわけだし、遺跡に行くのは挨拶をしてからにしよう。

そうして街中にある赤点のほうへ向かっていると——そこは宿屋だった。ちょうどいいし、いまのうちに部屋を借りておこうかな。

宿帳に名前を書き、店主のおじさんが差し出してきたアニマルパンツにサインを記したあと、俺たちは二階の部屋へ向かう。

そしてドアノブに手をかけたところ、隣室のドアが開いた。

「あ、あら、早かったわね」

おどおどしながら話しかけてきた若い女性は——勇者一行のひとり、コロンさんだった。口ぶり的に、俺たちが来ることは前もってアイちゃんに聞かされていたようだ。

「おひさしぶりです」

「ひさしぶりね。魔力斑《スティーゲル》のことは、残念だったわね。あんなにつらい思いをしてまで三歳児になったのに……」

退化薬は生ゴミみたいな味だったのだ。

「魔法使いになれないまま元通りになってしまいましたけど——魔法使いになれないわけじゃないですからね！　俺、ぜったいに魔法使いになってみせますよ！」

やる気を滾《たぎ》らせる俺に、コロンさんが頬《ほお》を緩《ゆる》ませる。

「アッシュくんは、ほんとに若い頃のモーリスにそっくりだわ。あのひとも、なにがあっても諦めようとはしなかったもの」

師匠にそっくりというのは最高の褒め言葉である。俺は気分を良くしつつ、そういえば、と思い出す。

「そうだっ。師匠はなにをしてるんですか？」

師匠とフィリップさんが塔のところにいるのは知っているが、そこでなにをしているのかはわからないのだ。

「モーリスとフィリップは、魔法杖《ウィザーズロッド》を建設中よ」

建設中？

魔法杖って、建設するものなのか？

よくわからないけど、塔のそばの赤点が師匠とフィリップさんなのは間違いないのだ。

遺跡に行くついでに挨拶しないとな！

「ところで、その娘は？」

「ノワールさんです」

「そう。その娘がノワールちゃんなのね。話はアイナちゃんから聞いてるわ。アッシュくんのために石碑《せきひ》を解読してあげてるのよね？」

「アッシュが魔法使いになるのを見届けるのが私の夢だもの」

「ほんとに良い子ね……。モーリスがあなたにお礼を言いたがってたわ。アッシュくんが夢を叶えるのは、モーリスの夢でもあるもの」

「会ってみたいわ。気があいそうだもの」

「じゃ、部屋に荷物を置いたら会いに行こう！」

ランプ以外の荷物を部屋に残し、俺たちはコロンさんの案内で塔へと向かう。と、そこではふたりがぺたぺたと塔に土をくっつけていた。

塔の修理をしてるのかな？

「ひさしぶりだね、師匠！」

声をかけると、師匠たちは作業を中断する。

「おおっ！　アッシュではないか！　ひさしぶりじゃなぁ！」

「ふたりとも長旅で疲れたんじゃないかい？　ほら、これを飲むといいよ」

フィリップさんがジュースを渡してくる。

ひとまず喉《のど》を潤した俺は、師匠たちにたずねた。

「どうして塔を修理してるの？」

すると師匠は得意気な顔をして言う。

「アッシュよ。これは塔ではないのじゃ。これは魔法杖じゃよ」

「魔法杖？」

まるで灯台だ。いろんな魔法杖のカタログを読んできたけど、このサイズの魔法杖はどの本にも載っていなかった。

「アッシュの要望通り、『ぜったいに壊れない魔法杖』を作っておるところなのじゃ！」

つまり俺専用の魔法杖ってわけだ。

てっきり灯台かと思ったけど、まさか魔法杖だったとはな！　灯台もと暗しとはまさにこのことだ。

「俺のために、わざわざ作ってくれるなんて……」

師匠たちの気持ちに、思わず涙腺《るいせん》が緩んでしまう。

「使いづらそうだわ」

世論はノワールさんと同意見だろうけど、俺にとっては使い心地など些細《ささい》な問題だ。

俺の尊敬する三人が、俺のために魔法杖を作ってくれた。その気持ちだけで嬉しいのである。

「完成まであとどれくらいかかりそうなの？」

「さあ、いつになるかのぅ……。わしらも早く完成させたいのじゃが、材料集めに手間取っておるのじゃよ」

「材料って、土だよね？　材料に困ることはないんじゃないの？」

「これは土であって土ではないのじゃよ。このあたりには、アイアンワームという魔物が棲《す》みついておるのじゃが……アイアンワームのことは知っておるか？」

「もちろん知ってるよ」

　アイアンワームは家くらいなら丸呑《まるの》みにできる大きさの芋虫《いもむし》だと本に書いてあった。

　その情報だけ聞くと怖ろしい魔物のように聞こえるけど、アイアンワームは基本的に無害だ。なにせ年中地中深くに潜ってるからな。

「そのアイアンワームなのじゃが、年に一度だけ地上に姿を見せるのじゃ。まあ、見せるのはおしりの部分だけじゃがな」

「アイアンワームは、排泄《はいせつ》行為のためにおしりを出すのさ」

「その排泄物は、信じられないくらい硬いのよ」

「要するにじゃ。硬すぎる排泄物を集めて、固めて、圧縮してを繰り返せば――『ぜったいに壊れない魔法杖』のできあがりというわけじゃ」

「でも、アイアンワームの排泄物は貴重なのよ。そのほとんどは、土と混ざりあってしまってるの」

「できることなら純度一〇〇％の排泄物で作りたかったんだけどね。力及ばず、純度六〇％になってしまったのさ」

　俺の魔法杖は六割う●こってわけか。

とはいえ土の匂《にお》いしかしないし、てかてかとした光沢《こうたく》はかっこよく見える。

これだけ大きければ好きな模様を入れることだってできそうだ。

かっこいい模様を刻めば愛着が湧くし、なにより師匠たちの手作りだ。

この魔法杖には師匠たちの愛が詰まっているのだ。

材料がなんだろうと嬉しくないわけがない！

「俺、魔法使いになったらこの魔法杖を使うよ！」

「うむ！　わしらは最高品質の魔法杖を作るのでな！　アッシュも頑張って魔力を手に入れるのじゃ！」

「もちろんさ！　俺はそのためにここへ来たんだからね！　えっと……師匠たちはアイちゃんから遺跡について聞いてるんだっけ？」

「うむっ！　そこにいるノワールちゃんが、アッシュの力になってくれておるのじゃろう？　本当にありがとうのぅ」

「アッシュは私を救ってくれたもの。今度は私がアッシュを助けるわ」

「ノワールちゃんは良い子じゃのぅ」

師匠に褒められ、ノワールさんは嬉しそうに唇をほころばせる。

「それで、遺跡にはいつ向かうのじゃ？」

「これから向かうよ」

こうしている間にも魔王の復活が迫ってるからな。

もうちょっと師匠たちとおしゃべりしたいけど、あまりのんびりはできないのだ。

「ならばわしらも同伴しようかのぅ」

「師匠もついてきてくれるの？」

「うむ。アッシュが魔法使いになる瞬間に立ち会えるかもしれぬからのぅ！」

「俺も師匠に魔法使いになる姿を見てほしいよ！」

そうして俺は師匠たちと遺跡に向かうことになったのだった。

◆

ムルンをあとにした俺たちは、山のふもとにたどりついた。平原をきょろきょろと見まわりながら歩いていると、段差を見つける。

あれって、まさか……！

駆け寄ってみると、それは地下遺跡へと通じる階段だった！

「このなかに石碑があるよ！　早く行こう！」

やっぱり遺跡が見つかるとテンション上がるなぁ！　わくわくしながら待っていると、師匠たちが駆け寄ってくる。

「真っ暗じゃのぅ。こうも暗いと転んでしまいそうなのじゃ。フィリップよ、明かりを灯すのじゃ」

「わかっているさ」

フィリップさんが魔法杖を振ると、階段の奥が明るくなった。

やっぱり魔法っていいなぁ。俺も早く魔力を手に入れて、こういうことができるようになりたいぜ！

俺はランプをその場に残し、師匠たちと階段を下りていく。——と、広々とした通路に出た。

北の遺跡と同じく一本道だ。目を凝《こ》らすと……

「よかった。石碑は無事だよ！」

「ここから石碑が見えるのかい？」

「アッシュは目が良いのじゃよ！　地平線の彼方《かなた》まで見通すことができるのじゃからな！」

「とにかく先を急ごう！」

俺はここからでも見ることができるけど、ノワールさんが読まないと意味ないからな！

「アッシュ」

と、ノワールさんが袖《そで》を引っ張ってくる。

「どうしたの？」

「ここにも石碑があるわ」

ノワールさんが壁を指さす。と、そこには表札サイズの石が埋めこまれていて――

「文字が書いてある！」

短いけど、解読不能の文字が刻まれていたのである！

まさかこんなところに石碑が埋めこまれていたなんて……。

目の前の石碑に夢中になるあまり見落とすところだったぜ！

「な、なんて書いてある？」

ノワールさんはじっと石碑を見つめる。そしてぽつりと、

「……地図の作り方が書いてあるわ」

「地図って……強者《つわもの》の居場所を示す地図のこと？」

「その地図だわ」

「そっか……」

てことは、キュールさんはこの石碑を解読したってわけか。

「ほかになにか書いてある？」

この石碑に地図の作り方が――魔法に関する情報が記されていたのは間違いないのだ。

封印の間に通じる石碑には悪口ばかり書いてあるけど、この石碑には魔力獲得《かくとく》の手がかりが残されている可能性がある。

「……魔王が逃げたらこの魔法を使うべし、と書いてあるわ」

「逃げたとき？」

この魔法っていうのは『強者の居場所を示す地図』のことだよな。でも『逃げたとき』って……そもそも魔王って逃げるものなのか？　いままでの魔王は逃げるどころか『逃がさぬ！』ってって感じだったけど。

「ここにいる魔王は、世界最速らしいわ」


なるほど、そういうことか。

世界最速ってことは、速さを武器にするってことだ。一度見失ったら見つけるのは難しい。

だから《氷の帝王》は備忘録《びぼうろく》として強者の居場所を示す魔法を石碑に刻んだのだ。

なんにせよ、悪口以外の記述が見つかったのは喜ばしいことだ。

この遺跡なら魔力に関する手がかりが遺《のこ》されていてもおかしくない！

「ここに書いてあるのはそれが全部だわ」

「解読ありがと！　じゃ、あとは向こうの石碑を確かめるだけだね！」

待ちきれなくなった俺は、さっそく石碑へ向かう。


パリイイイン！

と、なにかが砕《くだ》ける音が響いた。

「誰か皿とか踏んだ？」

振り返ってたずねると、みんなはきょとんとしていた。

いったいどうしたんだろ？

みんなの視線をたどってみると、俺の足もとに氷の破片が散らばっていた。

「いまの、これを踏んだ音だったの？」

師匠が首を振る。

「いまの音は、アッシュに氷柱《つらら》が直撃した音じゃよ」

「俺に？」

「気づかなかったのかい？」

「石碑に夢中で気づきませんでした。でも、いったいどこから飛んできたんですか？」

「壁からじゃよ」

「壁から……ってことは、トラップかな？」

「そのようじゃな。しかし、トラップとは驚いたのぅ。いままでの遺跡にもトラップはあったのじゃろうか？」

「南の遺跡はわからないけど、北の遺跡にはトラップなんてなかったよ」

「だとすると、ここが特別なのかもしれないね。ちょっとキュールに訊いてみるよ」

「……誰もアッシュくんの身体《からだ》の心配はしないのね。怪我《けが》はないようだけど……いまのうちに痛み止め飲む？」

コロンさんが懐《ふところ》から薬瓶《くすりびん》を取り出す。俺は修行のしすぎで痛みを感じなくなったし、怪我をしたとしても自然治癒《ちゆ》力で治ってしまう。

でも、それを言うとよけいに心配させてしまうかもしれないため、ありがたく薬をいただくことにした。

ごくごくと甘味の強い薬を飲んでいると、フィリップさんが懐から携帯電話を取り出した。

キュールさんに電話をかけ始める。

「やあ、キュールかい？　いまアッシュくんたちと西の遺跡に来ているんだけどね。この遺跡って、トラップがあるのかい？　…………なるほどね。それじゃあ身体に気をつけるんだよ」

フィリップさんは携帯電話を懐にしまう。

「どうでしたか？」

「キュールが以前訪れたときは、トラップなんてなかったそうだよ」

「そうですか……」

「となると、いまになってトラップ魔法が発動したというわけじゃな」

「ま、まさか魔王の封印が解けつつあるのかしら？」

「かもしれませんね」

この遺跡のトラップは、復活した魔王を仕留めるために用意されたものなのだろう。

キュールさんが以前この遺跡を訪れたときにトラップが発動しなかったということは、そのときはまだ封印魔法の効力が残っていたということになる。

逆に言うと、トラップ魔法が発動したということは……

「ノワールさん。地図を見せてくれない？」

「見せるわ」

ノワールさんは強者の居場所を示す地図を広げる。

魔王の居場所は、変わっていなかった。

まだ封印の間にいるようだ。

けど、封印の効力が切れつつある可能性は極めて高い。

「とにかく急ごう！」

「じゃ、じゃが、トラップがあったのではノワールちゃんが近づけぬのじゃ！」

「トラップはすべて俺が引き受けるよ！」

この通路は一本道——世界最速の魔王を遺跡のなかで仕留めるチャンスは、トンネルを通過する一度きりだ。永続的にトラップを発動させる必要はない。

つまりトラップ魔法の効力は一度発動したら消えるのだ。

その予想が正しいかどうかを確かめるべく、俺はひとりで石碑に向かって前進する。


パリイイイン！

パリイイイン！

パリイイイン！

パリイイイン！


ありとあらゆる方向から氷柱が放たれ、俺に触れた瞬間に砕け散っていく。

無事に石碑までたどりついた俺は、来た道を引き返した。

思った通り、トラップの発動は一度きりだった。

「これで安全だよ！」

「あ、あなたの身体は硬いのね」

「アッシュは世界一硬いのよ」

戸惑うコロンさんに、ノワールさんがどこか得意気に告げる。

「とにかく急ごう！」

俺たちは砕け散った氷を踏みしめつつ通路を進み、何事もなく石碑のもとへたどりつく。

あいかわらず、石碑にはびっしりと文字が刻まれていた。

「すべて悪口だったわ」

あいかわらず、石碑にはびっしりと悪口が書かれていた。

って、またかよ！　どんだけ恨んでるんだよ魔王のこと！　同じ魔王同士仲良くしようよ！

まあ、魔王に手を組まれたらそれはそれで面倒なことになるんだけどさ。

残る遺跡は一箇所《かしょ》だけだし……こうなったら東の遺跡に期待するしかないな！

「じゃあ壊すね」

師匠たちに確認を取り、俺は石碑を殴《なぐ》りつけた。

石碑が砕け、ドーム型の空洞《くうどう》が現れる。

「……魔王がいないわ」

コロンさんが、戸惑うような顔で言う。

フィリップさんの魔法で明るく照らされた空洞に——魔王の姿はなかったのだ。

「ま、まさか、目にも留まらぬ速さで動いておるのじゃろうか？　じゃから消えておるように見えるのじゃろうか？」

「ありえるね……。信じがたいけど、世界最速の魔王ならそれくらいやりかねないよ」

「み、みんな気をつけるのよ。どこから攻撃をしかけてくるかわからないわ」

「と、とにかく静かにするのじゃ。アッシュよ、足音は聞こえぬか？　もし聞こえたらそこにパンチをお見舞いするのじゃ」

「やってみるよ。……………………変な音が聞こえるよ」

「どんな音じゃ？」

「がりがり、がりがりって」

「がりがり、じゃと？」

「うん。まるで穴を掘ってるような――」

「あそこ」

と、ノワールさんが壁を指さした。

壁には、ぽっかりと穴が空いていた。

その奥から、ガリガリと掘削音《くっさくおん》が聞こえてくる。


「魔王が穴を掘って逃げたのじゃ！」

師匠の声が封印の間に響き渡る。

すでに封印は解けていたのか、魔王は壁に穴を掘って逃げだしたのだ！

ノワールさんを狙ってると思ってたけど、今回の魔王は復讐《ふくしゅう》に興味がないのだろうか。

「は、早く追いかけないと魔王に逃げられてしまうわ」

「地上で待ち伏せして出てきたところをアッシュに殴ってもらうのじゃ！」

「それが確実な方法だね。さあ、いますぐ通路を引き返そう！」

「なにをしておるのじゃ！　ゆくぞ、アッシュよ！」

師匠たちに促され――俺は、天井を指さした。

「俺、天井を突き破るよ」

「貴方《あなた》ならそう言うと思ったわ」

「た、たしかに、アッシュくんなら頭突きで貫通できそうだね」

「じゃが、わしらがマネしてもたんこぶができるだけじゃ！　わしらは普通に通路から出るのじゃ！」

みんなが空洞から走り去ったのを確認し、俺はスーパーマンみたいなポーズでジャンプした。

ズボボッ！

まっすぐに土を貫いて外に出ると、すぐそばの土が盛り上がっていた。

じっと見ていると――そこから大きな虎が飛び出してきた。ゾウくらいのサイズがあるし、明らかに普通の虎じゃない。

「お前が魔王か！」

瞬きしている間に逃げだすかもしれないため、目を見開いたまま虎に問いかける。

『ホゥ！　吾輩《わがはい》を知っておるか！　いかにも世界最速の異名を持つ魔王――《西の帝王《ウエスト・ロード》》とは吾輩のことだ！　そういう貴様はあの忌々《いまいま》しい小娘の仲間か！』


魔王は逃げずに答えた。

てっきり穴を掘って逃げようとしたんだと思ってたけど、もしかすると戦うために外に出たのかもしれないな。

あの狭い空洞だと自慢のスピードを活《い》かせないしさ。

「ノワールさんは俺の友達だ」

『フハハハハ！　そうか！　ならば貴様を八つ裂きにすれば、あの小娘はさぞかし絶望するのだろうな！　貴様を八つ裂きにしたあとは、ゆっくり、じっくり、あの小娘を刻んでくれる！吾輩が受けた二〇〇〇年の苦しみを、あの小娘に味わわせてやるのだ！』

「アッシュよ！　無事じゃったか！」

空から師匠の声が降ってきた。

見上げると、師匠たちは空を飛んでいた。

フィリップさんに飛行魔法《フライ》をかけてもらったらしい。

「そ、それが魔王なのね……」

「アッシュよ！　早くそいつを倒すのじゃ！　世界最硬の魔王を倒したアッシュならそいつを倒すことくらい朝飯前じゃろ！」

『ホゥ！　貴様、あの《北の帝王》を葬《ほうむ》ったのか！』

魔王は俺に興味を惹《ひ》かれたようだ。

でも、そこに怯《おび》えは見えなかった。自分のほうが《北の帝王》より遙《はる》かに強いと思っている証拠だ。

「アッシュは《南の帝王》も倒しておるのじゃ！　次はお前の番じゃ、《西の帝王》よ！」

『フハハハ！　吾輩をほかの魔王と同列に考えているのであれば、やはりニンゲンは愚かだと言わざるを得んな！』

「なんじゃと!?」

『吾輩は世界最速！　あらゆるものは吾輩に触れるどころか、本来ならば姿を捉えることすらできぬのだ！　風の如《ごと》く来たり、風の如く去る――吾輩が通過した瞬間、その場に居合わせたあらゆる生物は衝撃波の餌食《えじき》となる！　あののろまな《北の帝王》を倒したということは力に自信があるのだろうが、世界最速の前には無力に等しいと思い知るがよい！』

たしかにこいつの言う通りだ。

どれだけ攻撃力が高くても、当たらなければ意味がない。

おまけに手当たり次第に攻撃すれば、よけいな被害が出てしまう——上空のみんなが怪我をするかもしれないのだ。

世界最速の魔王を前に、武闘家としての俺は無力ってわけだ。

だからこそ、俺は心の底からこう思える。

俺は、こういう敵を待ち望んでいた、ってな。

世界最速の魔王に殴る蹴《け》るは通じない——武闘家としての力を封じられたこの状況は、俺にとっては望ましいことこの上ないのだ。

精神力を鍛えるには、絶好の相手なのだから。


「世界最速を名乗るのは——俺とかけっこで勝ってからにしろ！」


「かけっこじゃと!?　なにを言っておるのじゃッ！　そいつは世界最速の魔王なのじゃぞ!?　いくらアッシュでも速さで競うのは分《ぶ》が悪いのじゃ！」

「だからこそ競うんだよ！　そうしないと魔法使いにはなれないからね！」

まわりに被害が出るのを覚悟の上でがむしゃらに攻撃すれば、偶然命中するかもしれない。

だけど、そうやって倒しても、精神力を鍛えることはできないのだ。

いままでの俺は、殴る蹴るで勝っていた――得意分野で勝っていたのだ。それでは精神力を鍛えるのは難しい。

だけど――かけっこならどうだろうか？

世界最速とスピード勝負すれば、師匠の言うように俺が負ける可能性のほうが遙かに高い。

つまるところ圧倒的に不利な勝負を挑み、勝利を摑《つか》み取ることで、俺は精神的に成長できるというわけだ。

もちろんかけっこに勝っても負けても、最後は拳《こぶし》で戦うことになるけどさ。

残る遺跡にも悪口が刻まれている怖れがある以上、魔力獲得《かくとく》のためにできることは、すべてやりたいのである。

「かけっこの最中に行方《ゆくえ》をくらませるかもしれぬのじゃぞ!?　お、お前たちも黙ってないで説得するのじゃ！」

「私は、アッシュを信じるわ」

「な、なにを言っておるのじゃ、ノワールちゃん！」

「……いや、ノワールくんの言う通りさ」

「フィリップ、お前まで!?」

「私の知っているアッシュくんに、不可能なことはないのさ」

「そ、そうね！　アッシュくんは、魔法を使う以外のことならなんでもできるわ。かけっこで魔王に勝つことだってできるはずよ！」

ノワールさんとフィリップさん、そしてコロンさんの話を聞き――

師匠は、おでこをぺちっと叩いた。

「まったく……。わしとしたことが、どうしていつも肝心《かんじん》なときに弟子を信じてやれぬのじゃ……。アッシュの凄《すご》さは、わしが一番わかっておるというのに……」

師匠が真剣な眼差《まなざ》しで見つめてくる。

「たしかに《西の帝王》は世界最速なのじゃろう。じゃが、それは過去の話！　アッシュよ！魔王に現代っ子の足の速さを見せつけてやるのじゃ！」

師匠たちの声援を受けると、身体《からだ》の奥底から力が湧いてくる。

「任せて、師匠！　俺、ぜったいぶっちぎりで勝ってみせるから！」

力強く応えると、俺は魔王を見据えた。


「勝負だ魔王！」

『よかろうニンゲン！　二〇〇〇年ものあいだ封じられ、身体がなまっておったところだ！全人類を八つ裂きにする準備運動にちょうどよい！』


魔王は俺とのかけっこが終わったあと、人類を八つ裂きにするつもりらしい。

そんなことさせてたまるか！

世界最速にかけっこで勝って、精神力を鍛えて、倒してやる！

『ニンゲンよ！　そこの石を空に投げるのだ！　それが地に落ちた瞬間、勝負の幕開けだ！』

俺は大きめの石を上空に投げると、遠くに見える魔法杖を指した。

「ゴールは、あの塔《とう》でいいな？」

『よかろう！　一瞬で決着をつけてくれるわ！』

魔王は自信たっぷりに叫び――

瞬きした瞬間、俺のとなりに立っていた。

「い、いつの間にそこに移動したのじゃ!?」

「ま、まったく動きが見えなかったわ……」

「世界最速は伊達《だて》じゃないってことだね……」

その速さに、師匠たちがうろたえている。

それにしても、こんなに接近してくるとはな……。俺の攻撃くらいいつでも避けられるって言いたいのか。

もちろん、不意打ちで倒そうなんて思ってないけどな。

けど、俺の意思とは無関係に魔王を吹っ飛ばしてしまう怖れもある。

「俺から離れたほうがいいぞ。衝撃波で吹っ飛ぶかもしれないからな」

俺は全力で走るのだ。

その際に発生した衝撃波が魔王を吹っ飛ばしてしまうかもしれない。

『それはありえぬ！　なぜなら吾輩は世界最速なのだからな！　貴様が一歩踏み出したとき、吾輩は大陸の果てにいるのだ！』


それが事実だとすると、凄《すさ》まじいスピードだ。

世界最速の異名は伊達じゃないってことか。

だとしても、俺はぜったいに負けたりしない！

魔王に勝って、魔法使いになってみせる！

俺はクラウチングスタートの構えを取った。


『我に挑んだ愚かなニンゲンよ、光栄に思うがよい！　貴様は世界最速の走りをその目で見ることができるのだからな！　もっとも見るとはいえニンゲン風情《ふぜい》に吾輩の動きを捉えることはできぬがな！　だからとて吾輩は容赦《ようしゃ》などせぬ！　なぜなら世界最速はいついかなるときでも最速でなければならぬのだから！　貴様はすぐに思い知ることになるであろう！　世界最速の速さを！　世界最速の怖ろしさを！　世界最速に挑んだ己の愚かさを！　この世にはけっして敵にしてはなら』

ボンッ！！！

となりで破裂音がした。

振り向くと、魔王は死んでいた。

「なんで⁉」

なんで⁉

それ以外に感想が出てこない。意味がわからないのだ。

いったい魔王の身になにが起きたというんだ！

戸惑う俺のもとに、ノワールさんたちが降りてくる。

「あ、あのさ。誰か、魔王の身になにが起きたか知らない？」

「貴方《あなた》の投げた石が、魔王の頭に直撃したわ」

「俺の投げた石が……」

ちょっと高く投げすぎたらしい。

「最速で決着がついたわ」

ショックのあまり、俺は引きつったような笑みを浮かべることしかできなかった。

◆

そして翌朝。

旅立ちの準備を終えた俺とノワールさんは師匠たちに別れの挨拶をするべく魔法杖のもとへ向かう。

朝早くから灯台みたいな魔法杖に土をくっつけていた師匠たちは、俺たちに気づいて作業を中断した。

「もう出発するのかい？」

リュックを背負った俺を見て、フィリップさんがたずねてくる。

「はい。急がないと魔王の封印が解けてしまいますからね」

四箇所《かしょ》あった遺跡も、残るは最東端の遺跡だけだ。

南と西の封印が立て続けに解けたのだ。最東端の封印が解けるのも時間の問題。いつ封印が解けるかわからない以上、のんびりしている時間はないのだ。

「そうかい。寂しくなるね」

「こ、これで美味《おい》しいものでも食べてね」

コロンさんがおこづかいをくれた。

「ありがとうございます！」

「美味しいものを食べるわ」

「なんだか孫ができた気分だわ」

コロンさんは柔らかくほほ笑んだ。若く見えるけど、コロンさんは孫どころかひ孫がいてもおかしくない年齢なのだ。

「さて。では行こうかのぅ」

モーリスじいちゃんがリュックを背負って立ち上がる。

「もしかして、師匠もついてくるの？」

「うむっ！　アッシュが魔法使いになる姿を見たいからのぅ！」

「師匠……！」

実を言うと、師匠にはついてきてほしいと思っていたのだ。

なにせ師匠は俺の大恩人だからな。俺が魔法使いになる瞬間を見てほしかったし、真っ先に魔法を使ったところを見せてあげたいと思っていたのだ。

「ついてきてくれるなら大歓迎だよ！」

「私も歓迎するわ」

「決まりじゃな！　では魔法杖は頼んだのじゃ！」

コロンさんとフィリップさんは力強くうなずいた。

「ま、任せて。必ず完成に近づけるわ……！」

「きみが戻ってくる頃には、きっと二倍……いや、三倍の大きさになっているよ」

「使いづらそうだわ」

ノワールさんがぼそりとつぶやく。

「魔法使いになったら、あらためて修行するからね！　俺、この魔法杖を使いこなせるようになってみせるよ！」

そうして俺とノワールさんと師匠の冒険が幕を開けたのだった。

第五幕　実在しました

ムルンをあとにして一週間が過ぎた。

この日の夕方。飛空艇《ひくうてい》と列車を乗り継いだ俺たちは、エルシュタット王国最西端の町エナにやってきた。

「今日はこの町に泊まるのかしら？」

「うん。今日は早めに寝て、明日朝一番に飛空艇乗り場のある町に向かう予定だよ」

予定通りにいけば午前の便に乗れるからな。そこからさらに飛空艇と列車を乗り継げば——来週には最東端の町に到着だ。

いまのところ魔王に動きはないからな。封印が解けてないってことは石碑《せきひ》も無事ってことだ。

悪口の可能性が高いけど、実際に確かめるまでは判断できないからな。魔力獲得《かくとく》の手がかりが遺《のこ》されていると信じるしかないのだ！

有益な情報を手に入れ、魔王との熱い死闘を経て、魔法使いになってみせる！

「アッシュよ。あそこの宿はどうじゃ？」

師匠《ししょう》が駅前の宿屋を指さした。

「高そうだわ」

ノワールさんの言う通り、高級感の漂う宿だ。だけどアイちゃんの援助のおかげで旅費には余裕があるからな。高級なベッドで寝たほうがノワールさんの疲れも取れるだろうし、今日はあそこで寝るとしよう。

「やや っ！　そこにいるのはアッシュ殿ではありませんか⁉」

宿屋に向かっていると、お姉さんに呼び止められた。

すらっとした体つきの、銀髪の女性だ。

このひと、どこかで見たことが……

「……メルニアさんですか？」

「わあっ！　私のことを覚えててくれたでありますかっ！　感激でありますなぁ！」

正解だったようだ。メルニアさんは嬉しそうにニコニコしている。

「貴方《あなた》の知り合いかしら？」

「うん。フェルミナさんのお父さんの上司だよ」

「強化合宿に誘ったひとね」

「そのひとだよ」

メルニアさんとは《土の帝王《アース・ロード》》と戦ったときに知り合ったのだ。

メルニアさんは『魔王放送』で俺の姿を目に焼きつけたんだろうけど、知り合ったとき俺は三歳児だったからな。いまと昔とでは目線の高さが違うため、パッと見ではメルニアさんだと気づけなかったのだ。

でもメルニアさんは北方討伐《とうばつ》部隊の団長だったはずだ。なのになんでこんなところにいるんだろ？　異動になったのかな？

不思議に思っていると、メルニアさんは師匠とノワールさんに会釈《えしゃく》して、

「アッシュ殿は、ご家族と旅行中でありますか？」

とたずねてきた。師匠は勇者一行の最古参《さいこさん》だけど、長いこと『魔の森』で暮らしてたからな。フィリップさんみたいに表舞台に姿を見せていないため、メルニアさんは師匠の正体に気づかないのだ。

「そんなところです」

メルニアさんは魔法騎士団の団長だけど、よけいな騒ぎを起こさないためにも魔王のことは秘密にしたほうがいいだろう。

「メルニアさんも旅行中ですか？」

「いえいえ、今日は出張でありますよ。新人研修・夜の部の監督として、この町にやってきた

のであります」

メルニアさんが言うには、エルシュタット魔法騎士団討伐部隊に配属された新人がこの町に集まっているらしい。そこで研修を行い、正式な配属先（東方・西方・南方・北方）が決まるのだとか。

フェルミナさんも討伐部隊志望だったからな。順調にいけば来年の今頃はフェルミナさんもこの研修を受けるってことだ。

「ところでアッシュ殿は……今日はお忙しいでありますか？」

「いえ、あとは寝るだけですよ」

さっき駅弁を食べたばかりだからな。まだ眠気はないけど、あとは宿屋で寝るだけなのだ。

「そうでありますかっ。でしたら、もしよろしければ、ぜひ新人研修につきあってほしいのでありますが……」

魔法騎士団の新人研修か。魔法騎士団はエリート中のエリートだからな。魔法使いを目指す身としては、ためになる経験になりそうだ！

「新人研修って、具体的になにをするんですか？」

「座学は終わったでありますからね。このあとに控えた夜の部は、魔物を倒すコツを学ぶ場を予定してるであります。本来であれば私が実技指導をするのでありますが、アッシュ殿が協力してくださるなら、ぜひお願いしたいであります」

魔物を倒すコツか。それなら俺にもできそうだ。魔物なら修行中にたくさん倒してきたしな。

「参加していいかな？」

師匠に確認を取ると、こくりとうなずかれた。

「いつも通り二部屋借りておくのでな。部屋の場所は店主に教えてもらうとよいのじゃ」

師匠は少しだけいびきがうるさいので、俺たちに気を遣ってべつの部屋に寝泊まりしているのだ。

俺もノワールさんも、いびきなんて気にしないのにな。

「俺でよければつきあいますよ」

師匠とノワールさんを見送り、メルニアさんに返事をする。

「本当でありますかっ！　みんな感激するでありますよ！　なにせアッシュ殿は世界を救った英雄でありますからね！　まさに次世代の勇者であります！」

よけいな騒ぎを起こさないように正体は隠してるけど、さっきまでここにいた師匠の正体が勇者一行の最古参だと知ったらメルニアさん驚くだろうな。

さておき、メルニアさんの期待に応えられるように精一杯頑張らないとな！

「こっちであります！」

俺はメルニアさんの案内を受け、研修施設へ向かう。そうして連れてこられた先にはドーム型の建物が佇《たたず》んでいた。

内装は学院の闘技場にそっくりだ。広場のまわりを客席が取り囲み、一〇〇人ほどの男女が座っている。

来年の今頃は、フェルミナさんもあの席に座ってるんだろうな。

魔法使いとしてどんどん強くなっていくフェルミナさんに負けないように、俺も魔力を手に入れないとな！

「あれってアッシュさん？」

「うわあっ、本物だ！」

「今日は服着てるんだ！」

研修生が俺を見て口々にそんなことを言う。

「アッシュ殿はここで待っていてほしいであります。すぐに準備するでありますからね！」

俺を広場に残し、メルニアさんは客席に上がる。見ると、闘技場の隅っこには土が山盛りになっていた。

なにに使うんだろ？

『お待たせしたであります！　これより新人研修・夜の部を始めるであります！　夜の部では特別にアッシュ殿に協力してもらい、魔物を倒すコツについて学ぶでありますよ！』

メルニアさんが拡声魔法《ボイスアッパー》で挨拶《あいさつ》すると、大きな拍手が巻き起こる。

『これからアッシュ殿には、魔法で生み出された魔物と戦ってもらうでありますっ！　我々はアッシュ殿がどういうふうに魔物を倒すか、じっくり観察するであります！　さあ、それではケット殿、お願いするであります！』

客席に座っていたお婆さんが魔法杖《ウィザーズロッド》でルーンを描く。

と、山盛りになっていた土がうねうねと蠢《うごめ》き、一〇〇体くらいのゴブリンが生み出される。

あの土はこのために用意されてたのか。

『まずはゴブリンと戦ってもらうでありますよ！　一体一体はそれほど強くないでありますが、ゴブリンは群れで襲ってくるでありますからね！　群れに襲われると厄介《やっかい》であります！』

ゴブリンの群れが俺を取り囲む。

その手には、土で作られた剣や棍棒《こんぼう》が握られていた。

『ではアッシュ殿！　ゴブリン退治のコツを見せてほしいであります！』

ゴブリンが一斉に襲いかかってくる。

俺は両腕を水平に広げると、コマのように回転した。


スパァァァァン！！！！

すべてのゴブリンが真っ二つになり、土に還《かえ》った。

この場に集まっているのは、全員魔法使いだ。武闘家として戦っても参考にならないと思い、なるべく魔法に見えるようにカマイタチを放ってみたけど……いまのでよかったかな?

どきどきしつつ客席の反応をうかがうと、みんなぽかんと口を開けていた。

そんななか、メルニアさんだけが目を輝かせていた。

『なるほど! つまりアッシュ殿は「ゴブリンには個別攻撃ではなく広範囲攻撃が効果的」と言いたいのでありますね!』

メルニアさんが深読みする。

『たしかに数の多さに惑わされそうになるでありますが、一体一体はそれほど強くないでありますからね! アッシュ殿のように一撃で全滅させるのは厳しいでありますが、負傷させれば動きが鈍くなるであります! そこを叩けば、楽に倒せるでありますよ!』

メルニアさんの上手な解釈に、研修生も納得した様子だ。解釈上手なメルニアさんがいれば、武闘家として戦っても参考にしてもらえそうだな。

『さあ、ケット殿。次の魔物をお願いするであります!』

ケットさんが魔法杖を振るうと先ほどまでゴブリンの形をしていた土の山が一つにまとまり、単眼の巨人が生み出された。

あれは……サイクロプスか。

『ゴブリンと違って、サイクロプスは単独行動を主とするであります！　でも一体だからって油断は禁物であります！　身体能力はゴブリンを超越してるでありますからね！』

ぎょろり、とサイクロプスの単眼が俺を捉える。

『ではアッシュ殿、サイクロプス退治のコツを見せてほしいであります！』

パァァァァァン！！！！

単眼に拳《こぶし》を叩きこむと、サイクロプスは土に還る。

研修生がぽかんとするなか、やはりメルニアさんだけは目を輝かせていた。

『なるほど！　つまりアッシュ殿は「サイクロプスの弱点は目」と言いたいのでありますね！　たしかにどれだけ力が強かろうと、目が見えなければ怖れることはないでありますからね！　あれだけ大きな目なら狙うのも難しくないであります！　参考になるでありますなぁ！』

メルニアさんの上手な解釈に、研修生は感心したようにうなずいている。

『さあ、それでは最後であります！　最後は――』

ケットさんがルーンを完成させると、土がドラゴンの形になった。

研修生が悲鳴を上げる。

『そう。最後は見てわかる通り、レッドドラゴンでありますよ！』

土色だけど、レッドドラゴンらしい。

『さすがに能力を完全に再現することはできないでありますが、ケット殿にはすべての魔力を振り絞《しぼ》って生み出してもらったでありますからね！　私でも倒すのは難しいでありますよ！』

レッドドラゴンが威嚇《いかく》するように翼を広げる。

『ではアッシュ殿！　レッドドラゴン退治のコツを見せてほしいであります！』

俺はアッパーでレッドドラゴンの頭部を吹っ飛ばした。

『なるほど！　つまりアッシュ殿は「脳しんとうを狙うべし」と言いたいのでありますね！　たしかに鱗《うろこ》を貫くことはできずとも、脳を揺らすことはできるでありますからね！　そうして気絶させれば、反撃されることなく攻撃できるでありますよ！』

さっきからメルニアさんの解釈力すげえな！

俺にそんな意図はなかったけど、言われてみれば納得だ。

その解釈力に感心していると、メルニアさんが広場に降りてきた。

最後って言ってたし、いまので俺の役目は終わったようだ。

「お疲れさまであります！　研修生のためにと思っていたでありますが、私も勉強になったでありますよ！」

「俺もいい運動になりました！　いまのでよければいつでも協力しますから、ぜひまた呼んでくださいね！」

「そう言ってもらえると嬉しいでありますっ！　ですが、できれば次は研修生として参加してほしいでありますよ。卒業後は、ぜひとも魔法騎士団に来てほしいであります！」

卒業後か……。

フェルミナさんとエファは卒業後の進路を決めてるけど、俺には特にないんだよな。

東の遺跡で念願の魔法使いデビューを飾り、修行を経て大魔法使いになり、ど派手な魔法を放ったとして。

そのあと俺は、なにをすればいいんだろう？

ま、それは魔法使いになってから考えればいいか。それに卒業まであと一〇ヶ月はあるし、急いで進路を考える必要はないよな。

「卒業後のことは、卒業してから考えてみます」

「そうでありますか。では、またアッシュ殿に会える日を心待ちにしてるであります！」

そうしてメルニアさんと研修生に見送られ、俺は宿屋へと向かうのだった。

◆

それからさらに一週間が過ぎた日の昼下がり。

「よっしゃあ！　ついに到着だああああああああ！」

長かった旅を終え、俺たちはついに最東端の町ランジェにたどりついた。

ランジェは落ち着いた雰囲気《ふんいき》の町だけど、俺の心は落ち着かない。

なにせあの山のふもとには最後の遺跡があるんだからな！　しかも封印は解けてないのだ！

いますぐ行けば石碑《せきひ》を解読できるのだ！

「いよいよ遺跡じゃのぅ！」

「うん！　いよいよ遺跡だよ！　俺、ぜったいに魔法使いになってみせるよ！」

「アッシュならぜったいになれるのじゃ！」

「さっそく遺跡に向かうのかしら？」

師匠とふたりで盛り上がっていると、ノワールさんがたずねてきた。

びっしりと文字が刻まれた石碑を読むのは精神的に疲れるだろうしな。

「そのつもりだけど、一休みしてからでもいいよ」

「私も早く遺跡に行きたいわ。貴方《あなた》の魔法使いになった姿を見たいもの。だけど……その前に、教えてほしいことがあるわ」

「教えてほしいこと？」

ノワールさんが、真剣な眼差《まなざ》しを向けてくる。

「魔力を手に入れたら、貴方はなにをするのかしら？」

「大魔法使いになるために修行するよ」

修行に修行を重ね、いつの日か大魔法使いになり、ど派手な魔法をぶっ放す――！　それが前世からの夢で、魔法使いになったあとの目標だ。

「修行って、具体的にはなにをするのかしら？」

「世界中の大魔法使いたちに弟子入りして、魔力を高めるコツを学んで……あとは、いろんな魔物と戦って、魔法使いとして実戦経験を積むよ」

「魔物と戦うということは、卒業後は魔法騎士団に所属するのかしら？」

「所属はしないよ」

メルニアさんに勧誘されたけど、みんなが期待してるのは武闘家としての俺だからな。

魔法騎士団に所属すれば来る日も来る日も魔物を相手に武闘家として戦うことになるだろう。それだと魔法使いとして成長するのは難しい。

だから俺は旅をするのだ。

世界中を旅してまわり、多くの大魔法使いと話してまわり、大魔法使いになるのである。

「要するに、卒業後は冒険家になるってことさ」

「その冒険、私もついていきたいわ。……だって、私にはなにもないもの」

「なにもない？」

ノワールさんは、こくりとうなずく。

「エファには家族がいるわ。フェルミナには夢があるわ。だけど、私には貴方と『外カリッ、中もふっ♪　もっちりもちもちほっぺがとろける夢のめろめろメロンパン』しかないわ」

ノワールさんには、俺とメロンパンしかない。

卒業と同時に、どちらも失ってしまう――なにもなくなってしまうってことか。

メロンパンはいろんな店で売ってるけど、ノワールさんにとって特別なのは購買限定販売の『外カリッ、中もふっ♪　もっちりもちもちほっぺがとろける夢のめろめろメロンパン』だけだからな。

「メロンパンの製造工場で働くとか、どうかな？」

「それも考えたことがあるわ」

考えたことはあるらしい。

「だけど、熟考の末に諦めたわ。パン工場で働くと、貴方に会えなくなるもの」

「ノワールさん……」

ノワールさんは、メロンパンを捨ててまで俺を選んでくれた。

だったら、断るわけにはいかないな。

「俺と来ても退屈かもしれないけど、それでもいいなら大歓迎だよ」

一人旅より二人旅のほうが楽しいしな。

「退屈ではないわ。だって、貴方といると楽しいもの」

「俺もノワールさんと一緒にいると楽しいよ！」

「嬉しいわ。私、貴方と冒険するわ」

「うん！　そのためにも、なんとしてでも魔力を手に入れてみせるよ！　そして卒業後は旅をして、大魔法使いになってみせる！」

「私はちゃんと卒業できるように勉強するわ」

そうして将来の約束を交わした俺たちは、遺跡へと向かった。ノワールさんの地図を頼りに山のふもとにたどりつき――

地下遺跡へと通じる階段を発見する。

「いよいよ最後の遺跡か……」

「嬉しくないのかしら？」

「嬉しいよ」

「だけど、さっきより元気がないわ」

「さっきまではわくわくしてたからね。でも入口を前にしたら、急に緊張してきたんだ」

この遺跡で魔力が手に入らなかったら、ふりだしに戻ってしまうのだ。

だけど、いつまでも緊張しているわけにはいかない。

ぼんやりしてたら魔王が復活してしまうしな。

「よし、行こう！」

ランプを手に取り、俺たちは階段を下りて通路に出る。

西の遺跡のときみたいに壁に石碑が埋まっているかもしれないため、見落とさないよう注意深く歩いていき——なにも見つからないまま、通路の最深部にたどりついた。

あいかわらず、壁にはびっしりと解読不能の文字が刻まれている。

ノワールさんはじっと石碑を見つめ——


「ここにいる魔王は、世界最強だわ」


ぽつりとつぶやいた。

「世界最強か……」

いままでの魔王は『世界最硬』とか『世界最速』などの異名を持っていた。そして、今回の異名は『世界最強』——

つまり、純粋に強いというわけだ。

「ほかにはなにが書いてある？」

ノワールさんはさらに石碑を眺め——

「いままでの魔王が『伝説の魔物《レジェンドモンスター》』なら、ここにいる魔王は『伝説の伝説の魔物《ハイパーレジェンドモンスター》』だと書いてあるわ」

いかにも強そうな名称を口にした。

「『実在したのか！』」

俺と師匠がハモると、ノワールさんは不思議そうに小首をかしげる。

「貴方たちの知り合いかしら？」

「知り合いではないのじゃ。じゃが、まさか本当に実在したとはのぅ……」

師匠はびっくりしている。俺だってびっくりしている。だけどそれ以上に喜びが湧いてくる。

魔力を手に入れるためにも、強敵と戦えるに越したことはないからな！

さておき、強敵なのは嬉しいけど、俺の目的はあくまで魔力獲得《かくとく》の手がかりを得ることだ。

魔王の情報はそれほど重要ではない。

「ほかにはなにが書いてある？」

「……《氷の帝王》は、三〇〇年かけて『伝説の伝説の魔物』を封印したらしいわ」

「三〇〇年じゃと!?　なぜそんなにかかったのじゃ？」

「わからないわ」

「封印魔法って、相手を弱らせないと発動しないのかな？」

「どうじゃろ。そもそも封印魔法など聞いたことがないからのぅ」

強者《つわもの》の居場所を示す魔法と同じく、封印魔法も《氷の帝王》が独自に編み出した魔法なのだ。どんな相手でも問答無用で封印できるってのはあまりにも強すぎるし、ある程度のダメージを与えないと発動しないのかもしれない。

けど、世界最硬の魔王には傷ひとつつけることができなかったらしいしな……。となると、なにかべつの理由で封印に時間がかかったということになる。

その理由も石碑に書いてあるかもしれないけど――

「あとは悪口だったわ」

残りはすべて悪口だったようだ。

四回目ともなればつっこむ気力も湧いてこない。これが最後の石碑だし、遺跡巡りで魔力を手に入れることはできなかったけど――魔法使いになれないと決まったわけじゃない。

魔力と精神力は密接に関わってるからな。強敵と戦って精神的に成長すれば、魔力斑《スティーゲル》が宿るかもしれないのだ。

そしてそのためにも、俺は封印の間に踏みこまなければならないのである！

ドゴォオオオン！！！

石碑を殴《なぐ》ると、その奥には空洞《くうどう》が広がっていた。

だけど、封印の間は過去三回と様子が違っていた。

魔王の姿は見当たらず、空間に歪みが生じていた――ぽっかりと黒い穴が空いていたのだ。

「あの穴はなんじゃ？　時空の歪み《アビスゲート》とも違うようじゃが……まさか、今回の魔王は空間に穴を掘って逃げたのじゃろうか？」

「わからないけど……あの穴に魔王が隠れてるのは間違いなさそうだね」

ノワールさんの地図によれば、魔王は間違いなくこの空洞にいるのだ。

だとすると、怪しいのはあの穴の奥しかない。

「俺、ちょっと入ってみるよ！」

「行動力がありすぎるわ。普通、ためらうわ」

「じゃあ、石を投げ入れてみるよ。幸い、石碑の破片がそこらじゅうに転がってるからね」

「それなら安心だわ。貴方なら、それで勝てるわ」

たしかに《西の帝王《ウエスト・ロード》》は投石で倒したが、今回の魔王は世界最強なのだ。投石で倒せるとは思えない。

でも念のため、軽く放り投げたほうがいいかもな。

『よくぞ来た、強者よ』

石を投げようとしたところ、穴のなかから声が聞こえてきた。

頭に響く、不気味な声――

「……魔王か？」

問いかけると、クククッと怪しい笑い声が聞こえてくる。

『いかにも！　我こそは魔王のなかの魔王にして生きとし生けるものすべての頂点に君臨する唯一無二の絶対者！　魂喰らいの異名を持ち、朽《く》ちた生命を未来永劫《えいごう》に支配する世に比類なき支配者！　あの世とこの世の境に生きることを赦《ゆる》された世界最強の魔王《魔の帝王《デビル・ロード》》だ！』

誰だよ。

てっきり《東の帝王《イースト・ロード》》と名乗るとばかり思っていただけに面食らってしまう。さておき、《東の帝王》あらため《魔の帝王》の物言いには引っかかる部分があった。

「よくぞ来たって、まるで俺が来るのを待ってたみたいな言い方だな」

『いかにも！　我は貴様のような強者が現れるのを待っておったのだ！　我は強くなりすぎてしまったゆえな！　強者と戦うことでしか我の強さを遺憾《いかん》なく発揮することができぬのだ！』

つまり《魔の帝王》は全力で戦える相手を待ち望んでいたってことか。

「まだ戦ってもないのに、俺が強者だってわかるのか？」

『貴様の強さは、魔王どもの魂を喰らった際に理解した！』

「魂を……食べた？」

『いかにも！　死者の魂を喰らうことで生前の力も、知識も、記憶さえも、すべてが我が物となるのだ！』

　なるほど。かつて俺が倒した魔王の魂を食べることで、アッシュ・アークヴァルドの情報を手に入れたってわけか。

「とにかく、俺と戦うってことだよな？　だったらいますぐその穴から出てこいよ」

『断るッ！　この我が！　世界最強たる《魔の帝王》がじきじきに戦うのは真の強者のみ！　そして我は貴様の強さをじかに見たわけではないのだ！　ゆえに――貴様が我と戦うに値する強者かどうか、見定めさせてもらう！』

　ズズズ……！　と怪しい音を響かせて、穴が広がっていく。

　このなかに入れってことか？

『試練の門をくぐるがよい！　貴様が真の強者ならば、我のもとへたどりつけるであろう！』


　試練って、もしかして……

「その試練って、三〇〇年かかったりするのか？」

《氷の帝王》が魔王を封印するのに三〇〇年かかった原因は、この試練にあるのかもしれない。

　つまり封印魔法は問答無用で発動するくらい強力だけど――《魔の帝王》との対面に時間がかかってしまったということだ。

『何年かかるかは貴様の強さしだいだ！　試練の間はあの世とこの世の境にあるゆえ、貴様の世界とは時間の流れが違うのだ！』

つまり試練の間の一秒が、この世界の一時間かもしれないってわけか。

試練の間から帰還した《氷の帝王》は浦島太郎《うらしまたろう》の気分を味わっただろうな。

俺はそうはならないぞ！

「行くのか、アッシュよ？」

師匠が不安そうにたずねてきた。

試練の間とこの世界の時間の流れは違うのだ。

もしかしたら、これが今生《こんじょう》の別れになるかもしれない。

だからこそ、試練に挑む価値がある。

大事なひとたちとの別れを覚悟した上で強敵に立ち向かう。そうすることで、俺は精神的に成長することができるのだ！

「俺、行くよ！」

迷いはなかった。

師匠とノワールさんも俺の気持ちを察してくれたのか、引き止めようとはしなかった。

「アッシュなら、無事に帰ってくるじゃろうが……できれば、わしが生きているうちに戻ってきてほしいのじゃ！」

「貴方《あなた》の帰りをずっと待ってるわ」

「俺、必ず帰ってくるからね！」

ふたりに力強く告げた俺は、穴のなかへと身を移した。


その瞬間、景色が一変した。


真っ暗だけど真っ暗には感じられない、不思議な空間だ。

奥行きがわからないので、どれだけの広さがあるのかわからない。

だけど、やるべきことはわかっている。

試練というのは早い話――再戦だ。

世界最強の魔王《魔の帝王》は俺が運に頼った勝利をしていないかどうかを――実力だけで勝利を重ねてきたかどうかを確かめようとしているのだ。

その証拠に、俺の目の前にガイコツが佇《たたず》んでいた。

漆黒《しっこく》のマントを羽織《はお》ったそいつは――

『さあ、闇の時代の幕開けだ！』

俺が葬《ほうむ》ったはずの《闇の帝王《ダーク・ロード》》だったのだ！

第六幕　蘇った強敵たちです

パァァァァァン！！！！


俺はさっそく《闇の帝王《ダーク・ロード》》の頭蓋骨《ずがいこつ》を粉砕《ふんさい》した。

試練の間と現実世界の時間は異なっているため、のんびりしている余裕はないのだ。

もしかするとこの一瞬で、現実世界では一年以上の月日が流れてるかもしれないからな。

さっさと《魔の帝王《デビル・ロード》》と激闘を繰り広げて精神的な成長を遂《と》げ、魔法使いとして現実世界に戻らないと。

じゃないと本当に時代が変わってしまう。

「さあ、次の魔王は誰だ！」

真っ暗な空間に問いかけると、《闇の帝王》の亡骸《なきがら》が淡い光に包まれた。

光の粒子となり、ゆっくりと消滅していく。

ここはあの世とこの世の境目にあるらしいし、《闇の帝王》はこれからあの世へと向かうのだろう。

「転生するなら、今度は良い奴に生まれ変われよな。——っと、新たな魔王のお出ましか」

さっきまで《闇の帝王》が転がっていた場所に魔法陣が浮かび上がり——新たなガイコツが出現した。

マントの色的に、こいつは——


『さあ、土の時代の幕開けだ！』


パァァァアン！！！！

やっぱり《土の帝王《アース・ロード》》だったか。

この魔王は土を纏《まと》うことで強くなるからな。土のない環境でどんな戦法を見せてくれるのか気にはなるけど、じっくり戦う余裕などないのだ。

「同じ世界に転生して、俺のことを覚えていたら——そのときは、じっくり戦おうぜ」

ま、俺のことを覚えたまま転生したとしたら魔力斑《ステイーゲル》は浮かばないんだけどな。コロンさんの持論では、前世の記憶を持つひとに魔力斑は浮かばないらしいしさ。

だけど、努力しだいで魔法使いになれることを、これから俺が証明してみせる。

「さあ、次はどの魔王だ！」

俺が叫ぶのとタイミングを同じくして、《土の帝王》の亡骸が完全に消滅する。

次の瞬間、魔法陣が浮かび――新たなガイコツが現れた。


『《追体験《リライブ》》！』

パァァァアン！！！！


マントの色を確認する暇もなかったけど……勝手に弾け飛んだし、《光の帝王《ライト・ロード》》だよな？

「もし転生したら、地道に修行して強くなろうな。お前がそれを望むなら、修行につきあってやってもいいからさ」

とにかく、これで三体の魔王を倒したことになる。

どうやら『俺が倒した順』に登場するっぽいし、次はあの魔王か……。

予想した通り、新たに現れたガイコツは緑のマントを羽織っていた。

お化け屋敷でそうとも知らずに倒してしまった《風の帝王《ウインド・ロード》》である。


『サテ、ドウヤッテ殺ソウカ』

パァァァァアン！！！！

殺害方法を考える時間など与えない。

正拳突きで頭部を失った《颪の帝王》は、その場に崩れ落ちた。

「生まれ変わったら、もっと有意義なことを考えて生きていこうぜ」

けっきょく《颪の帝王》の戦闘スタイルを確かめることはできなかったけど、悔《く》いはない。

なにせ《魔の帝王》は世界最強なわけだしな！

世界最強というからには《颪の帝王》より遙《はる》かに強いに決まっているし、《魔の帝王》との戦いに時間を割《さ》いたほうが有意義だ。

そうして四体の魔王を撃破した俺は、次なる魔王の登場を待つ。

俺の予想では《炎の帝王《ファイア・ロード》》か《水の帝王《アクア・ロード》》だったが、魔法陣から現れたのはそのどちらでもなかった。


『我が名は《虹の帝王《レインボー・ロード》》！』


パァァァァン！！！！

真正面から顔面に正拳突きを放ち、これを撃破する。合体したまま現れるとは思わなかったけど、生前に合体したことで魂もひとつになったのだろう。

おかげで時間が短縮できたし、俺としては万々歳《ばんばんざい》である。

「来世では七色になれるといいな」

　これで倒した魔王は五体だ。

　いまのところ順調に進んでるし、このペースならすぐに《魔の帝王》のもとへたどりつけるだろう。

　とはいえ《魔の帝王》との戦いに時間を割きすぎると知り合いがいなくなるため一撃で倒すつもりで勝負を挑むことにする。

　まあ《魔の帝王》は世界最強なわけだし、さすがに一撃で決着がつくとは思えないが。

　とにかく。


『我は世界最硬の異名を――』


　スパアアアアアン！！！！

　とにかくいまは全速力で残りの魔王を片づけよう。

　じゃないと現実世界で浦島気分を味わうことになってしまう。

「にしても、カマイタチで真っ二つになるのか」

　前回は自滅したので、俺の攻撃が世界最硬に通じるかどうか確かめることはできなかった。

　ひょっとしたら《北の帝王《ノース・ロード》》には通じないかもと思ったが、俺のカマイタチに切り裂けないものはないってことか。

「だとしても、《魔の帝王》には通じないかもしれないけどな」

むしろ通じないでほしい。

世界最強というくらいだし、防御力も最強なのだろう。

油断できる相手ではないし、最初から全力で攻撃しないとな。


『ホッホッホ』


パァァァアン！！！

不敵に笑いながら現れた世界最熱の魔王こと《南の帝王《サウス・ロード》》を、俺は拳《こぶし》で撃破した。

燃えるかもしれないという恐怖心に打ち勝つことで、精神的に成長する――

前回はくしゃみで倒してしまったため、今回は拳で立ち向かってみることにしたのだ。

もっとも、くしゃみで消えるような炎に恐怖なんて感じるわけがないし、精神的に成長したとも思えないけど。

とにかく、これで七体目だ。

あと一体倒したら、ついに《魔の帝王》との死闘が幕を開ける！

命懸《いのちが》けの戦いが間近に迫り、わくわくとどきどきが止まらない。

『吾輩《わがはい》は世界最ぞ』

パァァアァン！！！！

魔法陣から現れた《西の帝王《ウエスト・ロード》》を瞬時に撃破した俺は、ぐっと拳を握りしめた。

「さあ、出てこい《魔の帝王》！」

虚空に向かって叫びかける。

いよいよ世界最強との熱い死闘が幕を開けるのだ。

緊張感を押し殺して呼びかけると――

どこからともなく、怪しい笑い声が聞こえてきた。

『ククク……。想像以上の早さだ！　まさかここまでやるとは思わなかったぞ！　ククク！　こうなっては認めざるを得まいッ！　貴様は真の強者《つわもの》だ！　この我がじきじきに戦うに値するニンゲンだ！　よかろう、貴様の望み通り――我が相手になってやる！』

真っ暗な空間に、ひときわ大きな魔法陣が広がった。

そしてそこから――

ブラックドラゴンが現れた。

サイズ的には、一二歳のときに倒したレッドドラゴンの数倍の大きさだ。だけど実力は数倍どころじゃないだろう。

なにせこいつは世界最強なのだから！

「お前が世界最強の魔王――《魔の帝王》だな！」

『いかにも！　我こそがすべての魔王の頂点に君臨する真の魔王――世界最強の異名を誇る、その名も《魔の帝王》だ！　この我の姿を目にできたことを光栄に思うがよい、ニンゲンよ！そして思い知るがよい、この我を――』

「ご託《たく》はいい！　それよりさっさと戦おうぜ！」

魔王の長台詞《ながぜりふ》は聞き飽《あ》きた。

俺は早く戦いたくてうずうずしているのだ。

しゃべっている隙《すき》を突いて殴《なぐ》ろうかとも思ったが、不意打ちではなく正々堂々立ち向かったほうが精神的に成長できるのだ。

『ククク……！　死に急ぐか、強者よ！　ニンゲンの一生は短いのだ、どうせすぐに死ぬとはいえ、なにも生き急ぐことはあるまい！　だが、貴様が死を望むというのであれば、我も遠慮《えんりょ》なく行かせてもらう！　なにせ貴様は、我の強さを遺憾《いかん》なく発揮できる唯一にして無二の存在なのだからな！　もっとも――』

「いいから！　そういうのもういいから！　しゃべるのはあとにして、早く戦おうぜ！　ほら、勝負しようぜ勝負！」

『ククク……フハ、フハハハハッ！　愉快！　実に愉快だ！　これほどまでに愉快な気持ちになったのはいつ以来だろうかッ！　そこまで我との勝負を渇望《かつぼう》するとは！　まさに真の強者と呼ぶに相応《ふさわ》しい勇敢《ゆうかん》ぶり！　だが同時に愚かでもある！　貴様は知らぬのだ、世界には――』

「だからおしゃべりはいいって！　俺と戦うために試練を受けさせたんだろ!?　ほら、俺もう試練クリアしたからさ！　だから早く戦おうぜ！」

『フハーハッハッ！　だから貴様は愚かだというのだ！　試練を突破しただけでいい気になりおって！　試練などほんの小手調べに過ぎぬ！　あの程度、突破できて当たり前なのだ！』

「俺はおしゃべりしに来たんじゃないんだってば！　ずっとここにいて暇だったんだよな!?　しゃべりたい気持ちはわかるけどさ！　俺は早くお前と戦いたいんだよ！　激闘の果てに勝利して、元の世界に戻りたいんだよ！」

『否《いな》！　断じて否！　貴様の勝利などあり得ぬ！　やはり貴様は試練を突破しただけで自分が強くなった気でいるようだ！　この我と対等になった気でいるようだ！』

「わかった！　わかったから！　対等かどうかは戦ってから決めようぜ！　ほら、わかったらかかってこい！　かかってこいよ！」

『これより貴様は知ることになる！　いままでの相手がいかに弱かったかを！　これから戦う相手がいかに強いかを！　なぜなら貴様は知ら』

「いいから早く戦えよおおおおおおおおおおおお！」

スパァァァァァァァァァァン！！！

世界最強が細切《こまぎ》れになった。
「なんでだよおおおお！」
おまっ、ふざけんなよ⁉
俺が！　どんだけ！　期待したと思ってんだ！
百歩譲《ゆず》って！　百歩譲って殴った衝撃で死ぬならわかるけどさ！
俺、手招きしただけだよ！
手招きの風圧でバラバラになるなよ！
そういう死因は見飽きたよ！
キィイイイン！
と、《魔の帝王》の亡骸《なきがら》を前に呆然《ぼうぜん》としていたところ、真っ暗な空間に亀裂が走った。
亀裂はみるみるうちに広がっていき、そこから光が差しこんでくる。
そしてガラスが割れるような音とともに空間が砕《くだ》け散り——

◆

気づいたとき、俺は空洞《くうどう》に佇《たたず》んでいた。

ここは——封印の間だ。

ハッとして振り返ると、ぽっかりと空いた空間は消えていた。

どうやら俺は、本当に世界最強を手招きで倒してしまったらしい。

正直なところ、めちゃくちゃショックだ。

でも、落ちこんでたってなにも始まらないからな。魔法使いになるためにも、早く気持ちを切り替えないと！

立ちなおることで精神的に成長できるかもしれないしな！

なるべく前向きに考えつつ、あらためて空洞を見まわす。

ノワールさんたちは……さすがにいないか。試練の間では五分くらいしか過ごしてないけど、現実世界ではどれだけの月日が流れたかわからないのだ。

一年か、五年か、一〇年か、あるいは一〇〇年単位の歳月が過ぎたか……。わからないけど、まずは最寄《もよ》りの町に向かわないとな。俺の服、《南の帝王》を殴ったときに燃えたしさ。

全裸ってわけじゃないけど、この格好で飛空艇《ひくうてい》と列車を乗り継ぐわけにはいかない。まずは近くの町で服を買って、それからエルシュタニアに帰るとしよう。

そうと決めた俺は封印の間から出ようとして――

ざっざっざ、と足音が迫ってきていることに気づいた。

これは……ひとり分の足音だ。

走っているのだろう、足音はどんどん近づいてくる。どてっ、と転んだような音が聞こえ、再び近づいてくる。

そして――


青髪のお姉さんが、ランプを持って空洞に駆けこんできた。


ノワールさんにそっくりだけど、俺の知ってるノワールさんより髪は長いし背も高い。でも、ノワールさんが成長した姿だと言われれば、すんなり納得することができた。

「……ノワールさん？」

彼女の正体は成長したノワールさんか、あるいはノワールさんの子孫か。

どきどきしつつたずねると、お姉さんは静かに首を横に振った。

「ノワールは、私のご先祖様だわ」

「……え？」

ご先祖様って……ま、まさか本当にあれから一〇〇年単位の歳月が過ぎたのか!?

試練の間と現実世界って、そんなに時間の流れにズレがあるのか!?

「ほ、ほんとにノワールさんじゃないの!?」

お姉さんに詰め寄って問いかけると、

「ほんとはノワールよ。深刻そうな顔をしてたから、なごませようとしただけよ」

ノワールさんは慌てて自白した。

どうやら冗談だったようだ。

「心臓が止まるかと思ったよ……」

過去最高に心臓に悪い冗談だけど……真っ先に俺の緊張をほぐそうとしてくれたのは素直に嬉しかった。

でも、いまのは冗談だとしても、ノワールさんの成長を見た感じ、あれからかなりの年月が経っているのは間違いない。

あれから何年過ぎたのか。

フェルミナさんは、エファは、師匠《ししょう》は、フィリップさんは、コロンさんは、アイちゃんは、キュールさんは、シャルムさんは、学院のみんなはどうしているのか――

それを知るのは怖いけど、聞かないわけにはいかないよな。

「それで……あれから何年経ったんだ？」

俺がたずねると――

ノワールさんは、両手をパーの形にした。

まさか一〇年も経ったのか!?

でも、ノワールさんの成長ぶりからして、それくらいが妥当《だとう》だよな。

てことは、師匠たちは九〇歳を超えてるのか。

ちゃんと元気にしてるかな……。

「あれから一〇ヶ月が経ったわ」

「一〇ヶ月でそんなに成長したの!?」

見違えすぎだよ！　なにがどうなれば一〇ヶ月でそうなるんだ？　思ったより時間が経ってなくて安心したけど、いったいノワールさんの身になにがあったんだ？

「一〇ヶ月にしては、成長してるね」

「貴方《あなた》がいなくなってから、たくさんご飯を食べたのよ」

ノワールさんが急激に成長したのは、ストレスによる過食が原因らしい。

俺と会えないストレスを発散するため食事に食事を重ね、背が伸びたのだとか。

ノワールさんはメロンパンばかり食べてたからな。栄養のあるものをたくさん食べたことで、急激に成長したのだろう。

にしても一〇ヶ月か……。

「あれから一〇ヶ月が経ったってことは、卒業式は……」

「先週終わったわ」

ぎりぎり間に合わなかったか。

できればフェルミナさんたちの卒業を祝いたかったんだけどな。

「貴方の卒業証書は私が預かってるわ」

「俺の卒業証書？　だけど俺、出席日数が足りないだろ？」

「出席扱いにされてるわ」

「……ああ、そっか」

そういえば旅立ちの前、アイちゃんが『出席扱いにする』って言ってたっけ。

一〇ヶ月はさすがに休みすぎな気がするけど、とにかく俺は無事に卒業できたらしい。

まあ、俺は魔法使いになるために魔法学院に通ってたわけだし、武闘家のまま卒業したって嬉しくないんだけどさ。

でも、みんなは違う。みんなにとって卒業は喜ばしいことだ。

フェルミナさんやエファも卒業してるだろうし、ちゃんとお祝いしないとな！　それに近況報告も聞きたいしさ！

「ところで、師匠はどうしてる？　……ちゃんと元気にしてる？」

「モーリスは遺跡の外にいるわ。元気すぎるわ」

よかった……。

師匠とこんな形で別れるなんて、ぜったいにごめんだからな。

「遺跡の外にいるってことは、あれからずっと最寄りの町で暮らしてるってこと？」

「遺跡の外に小屋を建てて、貴方の帰りを待ってたわ」

俺が試練の間に飛びこんだあと――。ノワールさんは遺跡通いを日課にしてたらしいけど、最寄りの町から遺跡までは片道二時間くらいかかる。

それを見かねた師匠が、遺跡のそばに小屋を建てたのだとか。

きっと師匠は俺の帰りを待つのと同時に、ノワールさんを見守っていたのだろう。

師匠は責任感が強いし、ノワールさんをひとりきりにすることはできなかったのだ。

優しい師匠のことを考えていると、会いたくなってきた。

早く顔を見せて、安心させてあげないとな。

「遺跡にいるのはノワールさんだけ？」

「私だけよ。貴方が戻ってきた気がして、急いで駆けつけたわ」

直感というか、なんというか。たまたまそう感じただけかもしれないけど、ノワールさんの前世は《氷の帝王》だ。もしかするとノワールさんは、『魂の波動』とやらで俺の帰還を感じ取ったのかもしれないな。

「わざわざ迎えに来てくれてありがと。ノワールさんと再会できて嬉しいよ」

「私も嬉しいわ。みんなも会いたがってたわ」

「俺も会いたいよ。だからまずは師匠と合流して、それからみんなに会いにエルシュタニアに戻ろう」

フェルミナさんとエファは就職できたはずだ。職場の近くに引っ越してるかもしれないし、ふたりがエルシュタニアにいる保証はないけどな。

とにかくアイちゃんに結果を報告するためにも、まずは一度エルシュタニアに戻らなければならないのだ。

「エファとフェルミナも外にいるわ」

「えっ、ふたりも来てるの？」

「卒業旅行だと言ってたわ」

卒業旅行先に大陸の果てを選ぶとは思えないし、きっとふたりはノワールさんに会いに来たのだろう。

「てことは、卒業証書はふたりが持ってきてくれたのか」

「卒業証書は、学院長の代理人が持ってきたわ」

「そっか。アイちゃんも来てるんだね」

「先週からいるわ。代理人は、ずっと貴方のことを心配してたわ」

俺に魔王討伐《とうばつ》を依頼したのはアイちゃんだからな。

べつに依頼されなくても魔王とは戦うつもりだったけど……俺がなかなか戻ってこないから、アイちゃんは責任を感じたのかもしれないな。

みんなは遺跡の外にいるらしいし、早く顔を見せて安心させてあげないとな。

「じゃ、外に出よっか」

「貴方と一緒ならどこへでも行くわ」

そうして封印の間をあとにしようとしたところ、通路の向こうから数人分の足音が聞こえてきた。

足音はどんどん大きくなり、そして――

「わあっ！　師匠じゃないっすか！」

「ほんとだっ！　戻ってきたんだね！」

「ほら、わしの言った通りじゃろ！　アッシュが魔王に負けるわけがないのじゃ！」

「は、はいっ！　本当に無事でなによりですわ……！」


エファとフェルミナさん、師匠とアイちゃんが現れた。

きっとノワールさんがなかなか戻ってこないから、心配して様子を見に来たのだろう。

パッと見たところ、四人の外見にそれほど変化はなかった。

まあ一〇ヶ月だしな。ノワールさんみたいに成長するのが珍しいのだ。

「おひさしぶりっす、師匠！」

「ああ、ひさしぶりだな！」

俺にとっては二週間ぶりだけどな。

「あたしのこと覚えてるっ？」

「フェルミナさんのことを忘れるわけないよ」

俺にとっては二週間ぶりだからね。

「アッシュよ、目的は果たせたのじゃろうか？」

「ううん。魔法使いにはなれなかったけど……でも、魔王はちゃんと倒したよ」

「そうですか……」

と、アイちゃんは安心したように頬《ほお》を緩《ゆる》めたあと、深々と頭を下げてきた。

「アッシュさんには、なんとお礼を言えばよいか……」

「お礼なんていりませんよ。俺としても魔王と戦いたいと思ってましたからね」

「だとしても、アッシュさんが世界を救ってくださったのは紛《まぎ》れもない事実ですわ。ですので、なにか欲しいものがありましたら、遠慮《えんりょ》なく言ってくださいねっ！　どんなものでも用意してみせますわ！」

「だったら、ご飯が食べたいです」

いまが何時《なんじ》かはわからないけど、俺にとっては昼飯時なのだ。

「でしたら、お父様とコロンおばさまが食事の準備をしてますわ」

フィリップさんとコロンさんも来てるらしい。

ここにいるってことは、魔法杖《ウィザーズロッド》は完成したのかな？

とにかくふたりが待ってるなら、早く戻ったほうがいいだろう。

そうして俺たちは封印の間をあとにする。

「ところで、ふたりとも就職はできたのか？」

広々とした通路を歩きつつ、エファたちにたずねた。

「できたっす！　わたしは地元で体育の先生になったっす！」

「おおっ！　体育の先生になったのか！　エファならきっといい先生になれるよ！」

「師匠にそう言ってもらえると嬉しいっす！　体育の先生になろうと決めたのは師匠のおかげ

っすからね！」

「俺のおかげ？」

エファは力強くうなずく。

「地元に就職したいとは思ってたっすけど、やりたいことは特になかったっすからね。家族と一緒に暮らせるのは幸せっすけど、退屈な人生になるんだろうなぁとも思ってたっす。だけど、師匠のおかげで身体《からだ》を動かすことの楽しさを知ったっす！　だからわたしは、この先もずっと楽しく生きることができるっす！　ほんと、師匠と出会えて最高に幸せっすよ！」

エファは満面の笑みだ。

まさかここまで感謝されるとは思わなかった。

エファを弟子にしたとき、最初こそ安請《やすう》け合《あ》いしてしまったかもと思ったけど……こんなに喜んでもらえたんだ、エファを弟子にして本当によかったよ。

「とにかく就職おめでと！　だけど仕事が決まったってことは、あまりゆっくりはできないんじゃないか？　引っ越しの準備とか、いろいろあるだろうし」

「問題ないっす！　すでに学生寮の荷物は実家に届けてるっすからねっ。それにわたし、瞬間移動を使えるようになったっすから！　仕事が始まるまでは師匠のそばにいるっすよ！」

「あたしもアッシュくんと一緒にいたいなっ！　だって仕事が始まったら、なかなか会えなくなるもん！」

「フェルミナさんの仕事って、魔法騎士団だよね？」

「もちろんだよっ！　でも、討伐部隊に所属することは決まったけど、どこに配属されるかはまだわからないの」

「それってたしか、新人研修のあとに決まるんだよね？」

「うんっ！　来月末の新人研修がいまから楽しみだよ！」

新人研修には、メルニアさんに誘われて参加したことがある。俺にとっては先週の出来事だけど……本当に、あれから一年近く経ったんだな。

みんなの近況報告を聞き、じわじわと実感が湧いてくる。

「どこに配属されても精一杯頑張るけど、理想は北方討伐部隊だよ！　お父さんが副団長だし、メルニア様が団長だし、それに北方になればネムネシアも管轄《かんかつ》区になるからねっ！」

「卒業してからも遊びたいっすからねっ！　フェルミナさんが近くにいてくれたら、妹たちも大喜びっす！」

「うんっ！　なにはともあれ討伐部隊に所属できて一安心だよっ！」

フェルミナさんとエファは、幸せそうに笑っている。

ふたりは長年の夢を叶えたのだ。

俺は魔法使いになれなかったけど……

でも、夢を叶えたふたりに対して嫉妬《しっと》心は湧いてこない。

夢が叶ってよかったと、心の底からそう思う。

羨《うらや》ましいとも思わない。


ほんと……俺、武闘家でよかったよ。


俺は自然とそんなふうに思っていた。

いままでは武闘家になんてなりたくなかったと思っていた。

みんなと同じように魔法使いになりたかったと思っていた。

だけど、いまは違う。

俺がみんなと同じように魔法使いとして生まれていたら、親に捨てられることはなかった。

師匠と出会うこともなかったし、身体なんて鍛えようとも思わなかった。

そうなればノワールさんをゴーレムから救うこともできなかったし……

アイちゃんの言う通り、この世界は魔王によって滅ぼされていただろう。

俺は魔力を持たずに生まれてきた。

魔力のない境遇を拒《こば》み、嘆《なげ》き、悲しんで生きてきた。

だけど、そのおかげで大事なひとたちと出会い、守ることができたのだ。

魔法使いとして生まれたかったと本気で思い続けてきたけど……

いまは、魔法使いじゃなくてよかったと思っている。

魔力がなくてよかったと——

武闘家でよかったと、心の底から思っている。


「……光ってるわ」


そんなことを考えながら遺跡の階段を上っていると——うしろを歩いていたノワールさんが、ぼそっとつぶやいた。

振り返ると、ノワールさんは俺のおしりを食い入るように見つめていた。

俺の服は《南の帝王》との戦いで燃えたからな。全裸ってわけじゃないけど、おしりは剝《む》き出《だ》しになっているのだろう。

ノワールさんにおしりをガン見されるのは恥ずかしいので、俺は両手でおしりを隠した。

するとノワールさんは顔を上げ、

「光ってたわ」

と言った。

「なにが？」

「貴方《あなた》のおしりよ」

「俺のおしりが……光ってた？」

ちょっと意味がわからない。

身体を鍛えすぎて、ついに発光能力を手に入れてしまったのか？

俺が本気でそんなことを思っていると、師匠が血相を変えた。

「アッシュよ！　ちょっとおしりを見せるのじゃ！」

「うん。いいよ」

師匠にならおしりを見られても恥ずかしくないからな。

俺は師匠におしりを見せる。

「こ、これは……！」

師匠が俺のおしりを見て驚いている。

えっ。

俺のおしりって、そんなに変なの？

地味にショックを受けていると、師匠が叫んだ。

「や、やはりそうじゃ！　アッシュのおしりに魔力斑が浮かんでおるのじゃ！」

終幕　新たな旅の幕開けです

「俺のおしりに魔力斑《ステイーゲル》が浮かんでるの!?」

俺は衝撃を受けた。

聞き間違いじゃなければ師匠《ししょう》は魔力斑が浮かんでいると言ったのだ！

そして俺の耳はいい！

つまり聞き間違いじゃない！

「うわあっ、ほんとに魔力斑があるっす！」

「ほんとだっ！　あと、アッシュくんのおしりってすごく引き締まってるね！」

「わ、わたくしも見たいですわっ！　……わあっ、ほんとに魔力斑がありますわねっ。あと、ほんとによく鍛えられてますわねっ」

「師匠は全身を鍛えてるっすからね！　おしりだってガッチガチっす！」

「なんだか魔力斑も強く見えてきたよっ！」

「たくましい魔力斑ですわねっ」

エファとフェルミナさんとアイちゃんが俺のおしりを見て興奮している。だけどこのなかで一番興奮しているのは間違いなく俺だ。

「ど、どこに浮かんでるの!?　俺の魔力斑、おしりのどこに浮かんでるの!?」

「ここじゃよ。ほら、ぼんやりと光って見えるじゃろ？」

師匠が指さしたところを、俺は腰を捻《ひね》って確かめる。

「……ほ、ほんとだ」

たしかに、ぼんやりと光って見える。

まるでおしりにホタルが止まっているような、幻想的な光……。

だけどここにホタルはいないし、俺に発光能力はない。

となると原因はひとつだけ。

俺に魔力が宿ったのだ！

ついに魔法使いになったのである！

「いよっしゃあああああああああああああああああああああああああああああ！」

ほんとに!?　いいの!?　俺、魔法使いになってもいいの!?

使うよ!?　俺、魔法使うよ!?

まずはなにから使おうかなぁ。

やっぱり魔法使いといえば飛行魔法《フライ》だよな！

あっ、でもその前に系統を確かめないとな！

風系統じゃなかったら飛行魔法は使えないわけだしさ！

でも魔法は使えるのだ！

だって俺は魔法使いなのだから！


「も、ものすごい叫び声が聞こえてきたけど、どうしたのかしら？」

「おおっ！　アッシュくんじゃないか！　無事に戻ってきたんだね！」


俺が興奮していると、コロンさんとフィリップさんが階段から下りてきた。

「いいところに来たのぅ！　なんとアッシュに魔力が宿ったのじゃ！」

「魔力が宿ったのかい!?　ほ、本当に不可能を可能にしてしまったんだね……」

「み、見てもいいかしら？」

「もちろんです！」

と、俺はコロンさんたちにおしりを向ける。普段ならこんなことはしないけど、いまの俺に恥じらいなどないのだ。

「ほ、ほんとに魔力斑が浮かんでるわ」

「うっすらとだけど……色からして、これは風系統だね」

「ほんとですか!?　俺、風系統の魔法使いになったんですか!?」

フィリップさんは力強くうなずいた。

「もっとも、魔力斑の濃さからして、魔力は微弱だけどね」

「だとしても嬉しいです！」

魔力がないのと微弱なのとでは大違いだ。

魔力は精神力を鍛えることで強くなる。

つまり、この状態からでも大魔法使いになることができるのだ！

「見つけてくれてありがと、ノワールさん！」

ノワールさんが魔力斑を見つけてくれなかったら、俺は一生気づかなかったかもしれない。

それくらい、俺の魔力斑は薄いらしいのだ。

薄暗いなか、間近で俺のおしりを見たからこそ、魔力斑の存在に気づけたのである。

「ほんと、よく気づいたのぅ。わしからも礼を言うのじゃ」

ノワールさんは嬉しそうにじんわりと頬《ほお》を赤らめる。

「たまたまアッシュのおしりが目の前にあったから見てただけだわ。そしたら急に光ったわ」

その言葉に、笑顔だった師匠が真顔になった。

「急に光ったじゃと？」

「そうよ。階段を上ってたら、急におしりが光ったわ」

「じゃが、魔力が宿ったきっかけが魔王討伐《とうばつ》なら魔力斑は封印の間に帰還した時点で浮かんでおったはずじゃろ？」

「いや、きっかけは魔王じゃないと思うよ」

あれと戦って精神的に成長できるなら、俺はとっくに魔法使いになっている。

「では、なぜ魔力が宿ったのじゃ？」

「俺にもわからないよ。ただ考えごとをしながら歩いてたら、ノワールさんに指摘されたんだ。おしりが光ってるってね」

「考えごとというのは、具体的にどういうことじゃ？」

みんなが不思議そうに見守るなか、俺はさっき考えていたことを事細かに話して聞かせた。


「きっと、それがきっかけね」

「うむ。それしか考えられぬのじゃ」

「本気で努力したアッシュくんだからこそ、そうすることで魔力が宿ったんだろうね」


魔力が宿った理由に察しがついたのか、師匠たちは納得したような顔をする。

「どうして俺に魔力が宿ったんですか？」

あのとき俺は、魔法使いじゃなくてよかったと心から思ったのだ。

師匠たちの口ぶり的に、そう考えたことがきっかけで俺に魔力が宿ったらしいけど……でも、どうしてそれで魔力が宿るんだ？

むしろ『魔力が欲しい』とは対極のことを考えてたんだけど。

「アッシュは、魔力を持たずに生まれてきたという境遇を受け入れることができなかった――魔法使いになるために死に物狂いで努力したのじゃ。自分に魔力がないことがわかってからも、魔法使いになることを諦めようとはしなかったのじゃ」

「アッシュくんにとって、魔法使いになることはなによりも大切なことだった。そのために、死に物狂いで努力したわけだよね」

「そんなアッシュくんが、魔力を持たずに生まれてきたことを受け入れたのよ。死に物狂いで拒《こば》み続けた境遇を受け入れるなんて、並大抵の精神力ではできないわ」

つまり、いままでの俺は無い物ねだりをする子どものようなもので――精神的に未熟だったってことか。

だけど、どうしても受け入れることができなかった『魔力がない』という境遇を心から受け入れ、武闘家としての自分を全肯定したことで、ぐるぐると同じところを回っていた俺は一歩前に進んだ――

精神的に、成長したのだ。

そして、なったのである。

夢にまで見た魔法使いに。

こうなった以上、やるべきことは決まっている。

「俺、空を飛ぶよ！」

念願の魔法使いになったのだ。

しかも風系統の魔力が宿ったのだ。

こうなったからには空を飛ぶしかない！

「師匠！　あの魔法杖《ウィザーズロッド》って、まだ西の遺跡のそばにあるの？」

師匠は目をそらした。

「まあ、あるにはあるのじゃが……使うのは無理じゃよ」

「使うのは無理？　どうして？　あの魔法杖になにかあったの？」

師匠たちは顔を見合わせる。

そして、フィリップさんが言った。

「実を言うと、あの魔法杖は——……」

◆

さかのぼること二ヶ月前——。

大陸最西端の平原にて。

「も、もうこれ以上は圧縮できないわ」

「想定の五倍以上の大きさになってしまったね」

「アッシュくんなら使いこなせるでしょうけど、これをもらって喜ぶかしら？」

「きっと喜んでくれるさ」

巨大な物体を見上げ、コロンとフィリップはやり遂《と》げた顔をしていた。

アイアンワームの排泄物《はいせつぶつ》が混ざった土を集めて固め、圧縮魔法をかけてできた『ぜったいに壊れない魔法杖』だ。

材料探しを始めて一年。当初は材料が手に入るか不安だったが、いよいよ完成が間近に迫り、ふたりは安堵していた。

「できればモーリスにも、この瞬間に立ち会ってほしかったわ。あのひとが一番張りきってたもの」

「しかたないさ。モーリスには、ノワールくんを見守るという大事な役目があるからね」

最東端の遺跡にて、アッシュが消息を絶って八ヶ月――ノワールは遺跡の近くでアッシュの帰りを待ち続け、モーリスはそんな彼女を見守っているのだ。

「アッシュくん、いつごろ戻ってくるのかしら？」

「いつになるかはわからないけど、必ず魔法使いになって戻ってくるさ。だからこそ私たちは魔法杖を作るんだよ」

「そ、そうね。それで……あとはなにをすればいいのかしら？」

「アッシュくんが気に入りそうな模様を入れたら完成さ」

これだけ大きいと模様を入れるだけでも数週間はかかりそうだが、アッシュの喜ぶ顔を想像すると疲れは吹き飛んでしまうのだ。

「問題はアッシュくんの好みがわからないことね。なんとなく、男の子はギザギザ模様が好きそうだけど……どうかしら？」

「私は好きだけど、アッシュくんが好きかはわからないからね。モーリスに聞いてみるよ」

フィリップは懐《ふところ》から携帯電話を取り出すと、さっそくモーリスに電話をかけた。

『どうしたのじゃ？』

「やあ、モーリス。アッシュくんは帰ってきたかい？」

『まだじゃ。早く帰ってきてほしいのじゃが……』

モーリスは暗い声で言う。

親友を元気づけるため、フィリップは明るい声で告げた。

「実は、ついさっき魔法杖の圧縮が終わってね。あとは模様を入れるだけなのさ」

『おおっ、ついにそこまで来たかっ！』

朗報を聞き、モーリスの声に明るさが宿った。

『模様というと、アッシュの好きそうな模様を入れるのじゃな？』

「そのつもりさ。いまのところ第一候補はギザギザ模様だけど、アッシュくんの好みの模様に心当たりはあるかい？」

『アッシュはルーン模様が好きじゃよ』

魔法使いに憧れるアッシュらしい好みだった。

『アッシュは本当にルーンが好きでのう。小さい頃はまったく新しいルーンを描いて、わしに見せてくれたのじゃ。どんな効果か聞いたら、わしの腰痛を治す魔法だと言ってくれてのう。アッシュの喜ぶ顔が見たくて、わしは気合いで腰痛を治したのじゃよ。それに――』

しばらく思い出話にふけったあと、モーリスは満足げに通話を切った。

「長電話だったわね……。それで、アッシュくんの好みはわかったのかしら？」

「アッシュくんは、ルーン模様が好きらしいよ」

「アッシュくんらしいわね。素敵なルーンを刻んで、喜ばせてあげたいわ」

「じゃ、もうひと頑張りといこうか」

フィリップとコロンは魔法杖を構えた。

刻印魔法を使い、イメージ通りの形を刻もうとする。

だが、魔法杖の表面には傷ひとつつかなかった。

硬すぎるのだ。

「こ、この結果は喜ぶべきよね？」

「そうだね」

アッシュの要望は『ぜったいに壊れない魔法杖』なのだ。模様を刻むことはできなかったが、表面に傷がつかないことは喜ぶべきことだろう。

なんにせよ、これにて魔法杖の完成だ。

「あとは東の遺跡に運ぶだけだね」

アッシュは魔法使いになって戻ってくるはずだ。そのときすぐに魔法を使えるように、東の遺跡へ運んだほうがいいだろう。

「で、でも、これだけ大きいと船に積むのは無理だわ」

「そうだね。だとすると、浮遊魔法で大陸の端まで運ぶしかなさそうだね」

「そうね。だけど……浮かぶかしら、これ？」

集めて固めて圧縮してを繰り返したため、見た目以上の重さになっているのは間違いない。

アッシュなら軽々と振りまわせるだろうが、フィリップたちの浮遊魔法が通じるだろうか。

「まずはちゃんと浮かぶか試してみるかい？」

「それがいいわね」

安全のため魔法杖から遠ざかり、ふたりは息を合わせて浮遊魔法を使用する。

びゅわっ！

浮遊魔法のルーンが完成した瞬間、魔法杖は急上昇――雲を貫いて空の彼方《かなた》に飛んでいってしまった。

遥《はる》か上空に消えた魔法杖に、コロンは大慌てでだ。

「ご、ごめんなさい。浮かぶかどうかわからなかったから、全力を出してしまったわ」

「私もさ。だけど、とりあえずは浮かぶことがわかって一安心――」

ゴォォォォォォォォォォォォオオオオオオオオオオオオ――！

フィリップは息を呑《の》む。

上空を見上げると、魔法杖が降ってきていた。

「ま、まずい！　コロン！　浮遊魔法で受け止めるんだ！」

「わ、わかったわ！　――む、無理よ！　重すぎるわ！」

「こ、こっちも魔力が足りないよ！」

飛ばすときに魔力のほとんどを使ったのだ。隕石《いんせき》の如《ごと》く降ってくる魔法杖を受け止める魔力など残っていない。

おまけに――

「ひ、ひっくり返ってるわ」

いまの浮遊魔法でバランスを崩したのか、魔法杖は上空でひっくり返っていた。鋭く尖った先端が、こちらを向いている。

「くっ！　だ、だめだ！　もうどうしようもない！」

「ど、どうするの!?」

「逃げるよコロン！」

ふたりは急いで駆けだした。がむしゃらに平原を走っていると――

ドゴォォォォォォォォォォォォォォォォオン！！！！

凄《すさ》まじい地響きが襲いかかってきた。石つぶてが降り注ぎ、幾筋もの地割れが走り、土煙が雪崩《なだれ》の如く押し寄せてくる。

そして土煙が晴れたとき……

「埋まってしまったわ……」

「埋まってしまったね……」

魔法杖は、大地に深々と突き刺さっていた。あんなに大きかった魔法杖は、いまはおしりの部分がちょろっと出ているだけだ。

「じ、地割れは魔法で元通りにするとして……魔法杖はどうすればいいかしら？」

「魔力が回復したら、浮遊魔法で回収するさ。そのあとは……もうアッシュくんに取りに来てもらうしかないね」

コロンは疲れたようにうなずいた。

「賛成だわ。これはちょっと……わたしたちの手に負えないわ」

そうして魔力の回復を待ち、ふたりは魔法杖の回収作業に取りかかった。

だが地中深くに突き刺さった魔法杖は全力の浮遊魔法でも微動だにせず、ふたりは泣く泣く地割れごと魔法杖を埋めてしまうことにしたのであった――……

◆

「――というわけなのさ」

フィリップさんが言うには、『ぜったいに壊れない魔法杖』は地中深くに埋まったらしい。

「ほ、本当にごめんなさいね。アッシュくん、あんなに楽しみにしてたのに……」

「コロンとモーリスは悪くないよ。あれは私の不注意が招いた結果さ。本当に……悪いことをしてしまったね」

「謝らないでください！　俺、その気持ちだけで嬉しいですから！」

「じゃが、魔法杖がなければいますぐに魔法を使うことができぬのじゃ」

たしかに、いますぐに魔法を使うことはできないけど――

「私の魔法杖を使うといいわ」

「わたしのも使っていいっすよ！」

「あたしのも貸してあげるっ！」

「わたくしのも使ってくださって構いませんわっ！」

ノワールさんたちが一斉に魔法杖を差し出してきた。

魔法使いにとっての魔法杖は、侍《さむらい》にとっての刀みたいなものだ。それを貸してくれるなんて、信用されている証拠である。

みんなの気持ちは嬉しいけど、すべての魔法杖を同時に使うことはできない。誰に借りるか迷うけど……一番早かったし、ノワールさんの魔法杖を使わせてもらおうかな。

そうしてノワールさんから魔法杖を借りた俺は、遺跡をあとにした。

外に出ると、目の前に小屋が建っていた。そして頭上には雲ひとつない青空が広がっている。

空を飛ぶには絶好の天気だ。

「さっそく試してみるよ！」

師匠たちにそう告げて、俺は魔法杖を軽く握った。

大地を切り裂いてしまわないよう先端を小刻みに動かして、飛行魔法のルーンを完成させる。

その結果――


俺の身体《からだ》は、一ミリたりとも浮かばなかった。


だけど俺は慌てない。

俺の魔力は微弱らしいし、飛行魔法を使うには魔力が足りないのだ。

となると、使うべきはあまり魔力を必要としない魔法か……。

そういえば以前、五歳くらいの男の子が魔法を使って丸太を薪《まき》にしている光景を見たことがあったな。

俺がはじめて師匠に教わった魔法（物理）もカマイタチだったし……そう考えるとなんだか運命的なものを感じるな。

よし、決めた。

最初に使う魔法はカマイタチにしよう！

「俺、カマイタチを使ってみるよ！」

小屋のところに転がっていた丸太を手に取り、切り傷がないことを確かめたあと、その場に置く。

そしてみんなが見守るなか、俺はカマイタチのルーンを描き――完成させた。

しん、と静まりかえったあと――


「……なにも起こらないのじゃ」


師匠が、ぼそっとつぶやいた。

丸太は真っ二つになるどころか、ぴくりとも動かなかったのだ。

だけど、俺の目はたしかに『それ』を捉えていた。

「違うよ師匠！　魔法はちゃんと発動したよ！」

俺は丸太を手に取り、師匠たちに見せつける。

「ほらここっ！　うっすらと爪で擦ったような跡があるよ！　これ、俺がカマイタチでつけた傷だよ！」

俺が満面の笑みで報告した瞬間——

わあっと歓声が上がった。


「私をゴーレムから救ってくれたカマイタチも好きだけど、そのカマイタチも好きだわ」

「本当に魔法使いになるなんて、さすがわたしの師匠っすね！　超かっこいいっす！」

「今日はパーティだね！　パーティ！　みんなの夢が叶った記念パーティだよっ！」

「アッシュさんの夢が叶って、なんだか自分のことのように嬉しいですわっ」

「本当におめでたいね。今日という日を国の記念日にしてもいいくらいさ！」

「ほんと、よかったのぅ……。これでもう思い残すことはないのじゃ……」

「あ、あなた、泣いてるの？」

「弟子の夢が叶ったのじゃ。泣くに決まっとるじゃろ……よかったのぅ、よかったのぅ……」

みんなが祝福してくれた。
師匠が泣くほど喜んでくれた。
俺はそのことがたまらなく嬉しかった。

「ありがとう、みんなっ！　俺、やったよ！　ついに魔法使いになったんだよ！　だから俺、大魔法使いになるために武者修行の旅に出るよ！」

俺は念願の魔法使いになれた。
だけど、前世から憧れていたど派手な魔法は使えない。
五歳児ですら丸太を薪にできるのに、俺は切り傷すらつけることができない。
魔法使いとしてできて当然のことができないのだ。
間違いなく、俺は世界最弱の魔法使いだ。
魔力が弱すぎると一生苦労することになる。
世界最弱の魔法使いに、まともな生活は送れない。
それはその通りかもしれないが――
俺は世界最弱の魔法使いであるのと同時に、世界最強の武闘家でもある。
努力しすぎた俺は、苦労を苦労と感じない。

これから先なにが起きても、余裕で切り抜ける自信がある。
魔法世界を、俺は身体《からだ》ひとつで生き抜いてきたのだから。

おまけ短編

慌しい休日

その日の昼。

フェルミナは女子寮の一室で頭を抱えていた。

「うわぁ～！　どうしよ！」

うんうん唸《うな》っているフェルミナの手には、一冊の本があった。

昨夜、友人に借りた料理本だ。

フェルミナは料理などしたことがない。するとしても、せいぜい肉を焼くくらいだ。なので料理本など読んだことがなかった。

しかし今日は違う。フェルミナは人生初の本格的な料理に取り組もうとしているのだ。だが、日が昇って間もない頃から読みふけっているのだが、なにを作るか決めかねているのであった。

「あたし、なにを作ればいいんだろ……」

食べ物のことでこんなに頭を悩ませたのははじめてだ。

なにせいつもは焼肉以外の選択肢《し》がないのだから。食べたいものはいつも決まっているため、食べ物絡みの問題に直面したことがないのだ。

しかし、今回はフェルミナがひとりで食べるわけではない。友達に食べさせるために料理をしようと考えたのだ。

事の発端は昨日の終業式終わり——。昇級試験の結果が発表され、フェルミナとアッシュとエファとノワールは無事に上級クラスを維持できた。

来年からも同じクラスになれるのだ。そのお祝いとしてフェルミナの部屋でパーティを開くことになったのだった。

突発的に決めたとはいえ、ざっくりとした計画は立ててある。パーティの開始時刻は本日の夕方から。部屋の飾りつけはフェルミナが行い、残る参加者がお菓子を持ち寄ることになっている。

だが開始時刻は決めていても、終了時刻は決めていない。夜通しパーティすることになれば、お菓子だけではお腹を空かせてしまうだろう。

そこでパーティの主催者として、みんなに食事を振る舞うことにしたのだが、フェルミナに料理の経験はない——学生寮には共同キッチンがあるが、利用したことはないのであった。

「こんなことなら料理の勉強もしておけばよかったよ」

フェルミナは幼い頃から魔法騎士団に憧れていた。なぜならフェルミナの父が魔法騎士団に所属しているからだ。

人々のために命懸《いのちが》けで戦う父の姿に感銘《かんめい》を受け、フェルミナは大切なひとたちを魔物の脅威《きょうい》から守れるように誰よりも強くなりたいと思うようになったのだ。

そんな夢を叶えるために女の子らしい遊びを一切せずに努力を重ね、世界最高峰《さいこうほう》の教育機関――エルシュタット魔法学院に進学した。

入学後も優秀な成績を維持するために毎日遅くまで勉強しているため、料理をする時間などないのであった。

「って、このままだとパーティ始まっちゃうよ！」

飾りつけは昨日のうちに終わらせたが、なにを作るか決まらないまま、気づけば昼になってしまった。

焼肉くらいなら作れるが――今日は夜通しおしゃべりするのだ。できれば冷めても美味《おい》しい料理を振る舞いたい。

「こうなったら……」

フェルミナは携帯電話を取りだした。母にパーティに相応《ふさわ》しい料理と、その作り方を教わることにしたのだ。

そうして電話をかけたところ――

『どうしたの？』

と、母のおっとりとした声が聞こえてきた。母の声を聞き、フェルミナは少し落ち着いた。

「急に電話してごめんね。いま忙しかった？」

『娘の連絡より優先することなんてないわ。それで、どうしたの？』

「えっとね、料理の作り方を教えてほしいの」

『あなたが料理を？　……今日は一日晴れ間が続くって聞いたけど、雨でも降るのかしら？』

「……」

そこまで珍しがることないだろうに、とフェルミナは内心つっこむ。

「友達とパーティするから、そのための料理を作りたいの」

『友達と？　それって、明日来る友達のことかしら？』

明日、アッシュとエファとノワールがフェルミナの実家に遊びに来るのだ。そのことは母に伝えている。

「うん。その友達だよ。だから、ちゃんとした料理を作りたいの。じゃないと……もしお腹を壊しちゃったら大変だもん」

『そうね。焼肉をするときは、しっかり火を通さなきゃだめよ』

「焼肉以外がいいの」

『焼肉以外？　……あなた、フェルミナよね？　わたしの可愛《かわい》い娘よね？』

「あたしだよっ！」

まさか別人疑惑をかけられるとは思わなかった。

フェルミナは気を取りなおすように咳払《せきばら》いをして、

「パーティに相応しくて、冷めても美味しい料理を作りたいの。なにかないかな？」

『そうねぇ。サンドイッチなんてどうかしら？』

フェルミナはハッとした。

「そ、それだ！　それだよっ！」

サンドイッチは具材を挟むだけのお手軽料理だ。さらに手が汚れる心配もなく、服に匂《にお》いがつく怖れもない。

サンドイッチはこれ以上ないくらいパーティに相応しい料理なのである！

とはいえ作るのは簡単そうだが、フェルミナは料理などしたことがないのだ。念のため作り方を聞いたほうがいいだろう。

そうして母にサンドイッチの作り方を教わったフェルミナは、さっそく材料を買いに町へと出かけるのであった。

◆

女子寮をあとにしたフェルミナは、通い慣れた商店街を駆けていた。

この通りには商店がひしめき合っている。普段は焼肉屋へ行くために通っているが、今回はべつの目的があってこの通りにやってきたのだ。

「おおっ！　フェルミナちゃん！」

パーティまであまり時間は残されていない。目当ての店を目指して小走りに向かっていると、恰幅《かっぷく》の良い男が朗《ほが》らかに笑いかけてきた。

「おじちゃん！　一週間ぶりだねっ！」

馴染《なじ》みの肉屋の店主である。

足を止めると、食欲をそそる香りが漂ってきた。この店では肉を買うほか、実食ができるのである。

「そろそろ来るんじゃないかって思ってたところさ！　今日もがっつり喰ってきな！」

「うーん。今日はやめとくよ」

「そうかい」

と、店主は残念そうな顔をする。

「なにか用事でもあるのかい？」

「あたしね、野菜を買うの！」

「な、なにぃ!?　野菜を買うだぁ!?」

店主が衝撃を受けたように目を見開いた。そして、心配そうな眼差《まなざ》しを向けてくる。

「い、いったいどうしたんだい？　フェルミナちゃんが野菜を食べるなんて……そんなバカなことが……今日は嵐でも来るのかい？」

「今日は一日晴れ間が続くよっ！」

母といい店主といい、フェルミナが焼肉以外のものを食べるのがそんなに珍しいのだろうか。

……まあ、珍しいのだろう。それはフェルミナが一番よく知っている。

「どうして野菜を食べるんだい？　いつもは肉をおかずに肉を喰ってるってのに……」

フェルミナがエルシュタニアで暮らし始めてそろそろ三年目だが、たしかに肉三昧《さんまい》の生活を送っている。大盛りの肉とともに炒《いた》められた申し訳程度の野菜を食べることはあれど、野菜を買うのははじめてだ。

「今日はね、サンドイッチを作るの！」

「サンドイッチか。いつものフェルミナちゃんなら肉で肉を挟むだろうが……野菜を買うってことは、そうじゃないんだろう？」

「うん。野菜とか卵を挟むんだよ」

「野菜に卵？　……いったいどうしたんだい？　まさか肉に飽《あ》きたんじゃ……」

「そんなことないよ！　あたし、お肉大好きだよっ！　でも、今日は違うの。あたしが食べるためじゃなくて……友達にサンドイッチを食べてほしいの」

「そっか。友達か！」

店主は納得したように笑みを浮かべた。

「焼肉より大切な友達ができたんだな！」

「うんっ！」

友達と焼肉を天秤《てんびん》にかけるつもりはなかったが、フェルミナは自信を持ってうなずくことができた。

フェルミナは焼肉が大好きだ。幼い頃、強くなるにはどうすればいいか父に聞いたところ、力をつけるには肉を食べるのが一番だと言われたのだ。もっとも、父に勧められるより先に、フェルミナは焼肉の虜《とりこ》になっていたのだが。

だが、いまでは焼肉より友達のほうが大好きだと自信を持って言える。

エファとは一年生の頃から毎日おしゃべりする仲だったが――ここ半年で実家に遊びにいくほどの関係にまで進展した。

ノワールとも一年生の頃から同じクラスだったが、こちらから話しかけても相手にされないことが多かった。しかしアッシュを通じ、最近はよくおしゃべりをする仲になった。

アッシュとは半年前からクラスメイトになった。実技でも学力でも優秀な成績を誇っていたフェルミナは、そのどちらもアッシュに負けてしまった――アッシュに負けて悔《くや》しい気持ちもあったが、それ以上にフェルミナは嬉しかった。

身近に自分より圧倒的に強いひとがいるのは、強くなる上で最高の環境なのだから。

アッシュと競いあうことで――すぐそばにライバルがいることで、フェルミナはもっと強くなれるのだ。

そんなアッシュとノワールとエファのことが、フェルミナは大好きだ。

だから美味しいサンドイッチを作り、三人を喜ばせてあげたいのである。

「今度は友達を連れてきな！　サービスしてやるからな！」

「ありがと！　また来るね！」

肉屋の店主とお別れすると、フェルミナは近所の店で野菜と卵、パンにチーズにマヨネーズなどを購入する。

そうして必要な材料を手に入れたフェルミナは大急ぎで女子寮へと舞い戻った。そのままの足取りで共同キッチンへ向かう。

エルシュタット魔法学院に入学してそろそろ三年目になるが、こうしてキッチンに立つのははじめてだ。機材を壊してしまわないように気をつけなければ。

「ええと、まずはゆで卵を作って、そのあいだにパンと野菜を切って……」

母から教わった作り方を思い出しつつ、料理を始める。熱々のゆで卵や慣れない包丁に苦戦しつつも、どうにかすべての具材をパンに挟むことができた。

「……こ、こんな感じでいいのかな？」

慣れない料理に手こずりながらもサンドイッチを完成させたフェルミナは……おそるおそる味見してみる。

「……うん。まあ、美味しいんじゃないかな？　でも、ちょっと味が薄いかも？　いやいや、これくらいがちょうどいい……のかな？」

少なくとも不味《まず》くはないが……焼肉三昧の日々を過ごしたことで味覚がおかしくなっている怖れもある。誰かに味見してもらうまでは安心できない。

と、そこへひとりの女生徒が現れた。

「あっ、フェルミナさん！」

にこやかに挨拶《あいさつ》してきた彼女は、下級クラスのニーナだ。その手には、買い物袋が握られている。

「ニーナちゃんも料理するのっ？」

ニーナとは最近まで交流がなかったが、先日エルシュタニアに《虹の帝王《レインボー・ロード》》が襲撃してきた際、一緒にアッシュを応援したことがきっかけで仲良くなったのだ。

それから三週間ほどしか経っていないが、どうやらニーナはアッシュやエファと友達らしい。大好きな友達の友達ということで親近感が湧き、急速に仲良くなったのである。

「うんっ。週に三日は自炊《じすい》してるよ！」

「そっかぁ！　ニーナちゃんは料理が得意なんだね！」

「得意ってほどじゃないけどね。だけど意外だな。フェルミナさんも料理するんだね。これ、全部ひとりで食べるの？」

「ううん。アッシュくんたちに食べてもらうよっ」

「それってもしかしてデートっ？」

ニーナが目をキラキラと輝かせ、詰め寄ってきた。

「デートじゃないよっ。アッシュくんとはそういうのじゃないし、それにエファちゃんとノワちゃんも一緒だし……」

どうやらニーナは恋愛話が好きらしいが、フェルミナはそういった話が苦手だ。幼い頃から勉強漬けの日々を過ごしてきたため、恋愛話に疎《うと》いのである。

「でも、アッシュくんに手料理を振る舞うんだよねっ？　いいなぁ。あたしも男の子に手料理作ってみたいなぁっ！　毎日食べたいくらい美味しいって言われたら、あたし幸せすぎて気絶しちゃうよ！」

たしかに『毎日食べたい』は最高の褒め言葉だ。そこまで手料理を気に入ってもらえたら、毎日だって食べさせてあげたくなる。

さておき。

「ニーナちゃん。ちょっとこれ食べてみてくれない？　はじめての料理だから上手にできたかわからなくて……」

「味見くらいならいくらでもするけど……でも、あたしが食べていいの？　はじめての手料理なんだし、最初はアッシュくんに食べてもらったほうがいいんじゃない？」

「どうして？」

「だってそっちのほうがロマンチックだもん！　アッシュくん『はじめての手料理を俺に？』って感動するよ！　ぜったい喜んでもらえるよっ！」

ロマンチックより安全性を重視したいが……そうしたほうが喜んでもらえるのなら、彼女の言う通りにしてみよう。

「っと、もうこんな時間っ！　じゃあまたね、ニーナちゃん！」

窓からは夕日が差しこんでいた。パーティが始まるまでもう時間がない。

ニーナと別れたフェルミナはサンドイッチを落とさないように気をつけつつ、急いで部屋へ戻るのだった。

◆

それから間もなくした頃、フェルミナの部屋に控えめなノック音が響いた。

「はいはーい！」

にこやかにドアを開けると、そこには小柄な女の子が佇《たたず》んでいた。

「ノワちゃん！　よく来たね！　さあ、入って入って！」

「お邪魔するわ。……誰も来てないのかしら？」

無人の部屋をぐるりと見まわすノワールに、フェルミナは明るく笑いかける。

「ノワちゃんが一番乗りだよっ！　早く来るってことは、それだけパーティを楽しみにしてたってことだね！　今日はいっぱい楽しもうね！　さあ、座って座って！」

ノワールはクッションに腰かける。その目の前にはサンドイッチが並べられた皿が置かれている。

(なにか言われるかな)

サンドイッチについてなにか感想を言われるかもとドキドキしていると――ノワールが箱をテーブルに置いた。

「ケーキを買ってきたわ」

「わあっ！　ケーキ買ってきてくれたんだ！　高かったんじゃない？」

「奮発したわ。だってパーティだもの。ろうそくもあるわ」

ノワールがどことなく得意気にろうそくをテーブルに並べ始めたところ、ノック音が響いた。

「はいはーい！」

ドアを開けると、そこには満面の笑みの女の子が佇んでいた。

「エファちゃん！　待ってたよ！　さあ、入って入って！」

「お邪魔するっす！　――って、ノワールさん早いっすね！　てっきりわたしが一番乗りだと思ってたっす！」

「パーティ楽しみだもの」

「わたしも楽しみっす！　今日は朝まではしゃぐっすよ！　あ、これお菓子っす」

エファが横長の箱を差し出してくる。中身を見ると――

「わあ！　ドーナツだ！　いっぱい買ってきてくれたんだね！」

「おしゃべりには糖分が欠かせないっすからね！」

「だよねだよねっ！　あ、座っていいよ！」

「失礼するっす！　って、これフェルミナさんが作ったんすか？」

サンドイッチについて言及され、フェルミナはどきっとした。

「うん。美味《おい》しいかどうかはわかんないけどね」

「そんなことないっす！　めちゃくちゃ美味しそうっすよ！　いつ食べるんすか？　わたし、お腹ぺこぺこなんすけど」

「お昼ご飯抜いてきたの？」

「ちゃんと食べたっす。でも今日はみっちり新技の訓練をしてたっすからね！　もう全部消化しちゃったっす！」

「新技って、武闘家の？」

「もちろんっす！　新技をマスターするまでもうちょっと時間かかるっすけど、この技を使いこなせるようになれば、また一歩師匠《ししょう》に近づけるっす！」

フェルミナとは方向が違うが、エファも強くなるために頑張っているのだ。努力する友達を見ていると、俄然《がぜん》やる気が湧いてくる。

ともあれ、今日はパーティだ。

強くなることは一時忘れて、今日は思いきり楽しむとしよう。

「サンドイッチはアッシュくんが来てから食べるよっ。そろそろ来るはずだけど……」

「もしかすると、女子寮だから遠慮《えんりょ》してるかもしれないっすね」

「遠慮しなくていいのにね。みんなアッシュくんのこと信用してるし、最近まで女の子の格好してたんだからねっ」

「アッシュは女装が似合ってたわ」

「似合ってたっすよね！　ずっとあのままだったら、妹にしたいくらいだったっす！」

「だねっ！　あたし一人っ子だから、ああいう妹がほしかったよ！」

「師匠が来たら、また女装してもらうとかどうっすか？」

「いいね！　アッシュくん、今日はアッシュちゃんになってもらおっか！」

などと三人で盛り上がっていると——

『フェルミナさーん！』

と、廊下《ろうか》からアッシュの声が聞こえてきた。

ドアを開けると、そこにはアッシュが立っていた。

「いらっしゃいアッシュくん！　どうしてノックしなかったの？」

「ノックしたらドアを吹き飛ばすかもしれないからね」

アッシュなりの気遣いだったようだ。たしかに《虹の帝王》を拳《こぶし》で粉砕《ふんさい》するアッシュなら、ノックしただけでドアどころか部屋ごと吹き飛ばしても不思議はない。

「お疲れ様っす、師匠！」

「待ってたわ」

「待たせてごめん。みんなのパンツにサイン書いてたら遅れちゃってね。はいこれ、お菓子」

干し肉だった。

「師匠らしいお菓子っすね。なんだか力がつきそうっすよ！」

「これはお菓子なのかしら？」

「みんなが甘い物を買ってくると思ってね。塩気があればバランスが取れると思ったんだよ。もし余っても、干し肉ならフェルミナさんが食べるだろうし、無駄にはならないと思ってさ。

ところで、このサンドイッチは誰のお菓子？」

「お菓子じゃないよ。これ、あたしが作ったの」

「わざわざ作ってくれたのか？」

「うん。美味しくできたかはわかんないけどね。とにかくみんな揃《そろ》ったことだし、パーティを始めよう！　ちょっと待っててね。いま用意するから」

サンドイッチに注目されるのが急に恥ずかしくなり、フェルミナは話題を逸《そ》らした。全員のグラスにジュースを注ぎ――

「それじゃ、上級クラス維持できておめでとうパーティスタート！」

と、乾杯の音頭《おんど》を取ると、ぐいっとジュースを飲み干した。もうじきサンドイッチを食べてもらうのだと思うと、緊張して喉《のど》が渇《かわ》いてしまったのだ。

（ま、まあこれだけお菓子あるし、誰も食べないかもしれないけど）

などと考えていると、アッシュがサンドイッチを手に取った。

「い、いきなりサンドイッチを食べるの？」

「だめなの？」

「だ、だめじゃないけど――」

「わたしも食べるっす！」

「私も食べるわ」

美味しそうなお菓子があるのに、みんなはサンドイッチを手に取った。

（そ、そんなに美味しそうに見えるのかな？）

そう考えると、フェルミナは嬉しくなった。だが、見た目は美味しそうに見えるとしても、問題は味だ。

「ど、どうかな?」

あっという間に食べてしまったアッシュに、フェルミナはドキドキしつつたずねる。するとアッシュはにこりとほほ笑み、

「美味《おい》しいよ!」

「よかった~……」

「安心しすぎじゃないか?」

「そりゃ安心するよ! はじめて作ったから、美味しいかどうかわからなかったんだよ。……ところで、アッシュくん味覚に自信ある?」

「修行のしすぎでいろいろとおかしくなってるけど、味覚は普通だと思うよ。ほら、ふたりも美味しそうに食べてるしさ」

「実際、これ美味しいっすよ!」

「しっとりしてて美味しいわ」

「ほ、ほんとに? よかった~……。あたしとアッシュくんの味覚がおかしいわけじゃないんだね!」

「俺の味覚は普通だって。これ、毎日食べたいくらい美味しいよ」

「たしかにこれなら毎日食べられそうっすね!」

「毎日食べても飽《あ》きそうにないわ」

楽しそうにおしゃべりしつつ、みんなは二つ目のサンドイッチを食べ始めた。

(そっかそっか～。みんな毎日食べたいのか～。じゃあ、また作ってあげよっかなっ！)

美味しそうにサンドイッチを食べている友達の姿を見ていると、フェルミナは幸せな心地に包まれるのだった。

あとがき

おひさしぶりです、わんこそばです。

このたびは『努力しすぎた世界最強の武闘家は、魔法世界を余裕で生き抜く。』の第三巻を手に取っていただきまして、まことにありがとうございます。

これまでに登場した敵を遥《はる》かに上まわる強敵たちがアッシュくんの前に立ちはだかる第三巻。読者の皆様にとって少しでも楽しい一時《ひととき》を作ることができたなら幸いです。


さて、あとがきから読むという方もいらっしゃると思いますので、ネタバレにならないよう三巻の内容について少しだけ触れたいと思います。

三巻では、これまでに登場した魔王のなかでも個人的に三本の指に入るお気に入り魔王――『世界最強の魔王』が満《まん》を持《じ》して登場します。

世界最強の武闘家と、世界最強の魔王――。

こうして文字だけを読むと激闘の予感がする最強同士の勝負の行く末がどうなるかは、ぜひ本編でお確かめください。

それでは最後になりましたが、謝辞《しやじ》のほうへ移らせていただきます。

本書の出版にあたっては、多くの方々にご尽力いただきました。

担当様をはじめとする集英社ダッシュエックス文庫編集部の皆様。いつもありがとうございます。

イラストレーターのニノモトニノ先生。お忙しいなか素晴らしいイラストを描いてくださり、本当にありがとうございます。今回、新たに登場する魔王たちのかっこよさに、思わず痺《しび》れてしまいました。

校正様にデザイナー様、本書に関わってくださったすべての関係者の方々。いつもまことにありがとうございます。

Ｗｅｂ版のほうで温かい感想をくださっている皆様、応援してくださっている皆様、本当に励《はげ》みになっております。

そしてなにより本書をご購入くださった読者の皆様に深い感謝を。皆様に少しでもお楽しみいただけたなら、それが私にとってなによりの幸いです。

それでは次の巻で無事、お会いできることを祈っております。

二〇一七年そこそこ寒い日　わんこそば

ダッシュエックス文庫

努力しすぎた世界最強の武闘家は、魔法世界を余裕で生き抜く。3

わんこそば

2017年11月27日　第1刷発行

★定価はカバーに表示してあります

発行者　鈴木晴彦
発行所　株式会社　集英社
〒101−8050　東京都千代田区一ツ橋2−5−10
03(3230)6229(編集)
03(3230)6393(販売／書店専用) 03(3230)6080(読者係)
印刷所　凸版印刷株式会社
編集協力　法貴仁敬

ISBN978-4-08-631217-2 C0193